AF144842

Jürgen Möller

Keilermond

novum pocket

Bibliografische Information
der Deutschen Nationalbibliothek:

Die Deutsche Nationalbibliothek
verzeichnet diese Publikation in der
Deutschen Nationalbibliografie.
Detaillierte bibliografische Daten
sind im Internet über
http://www.d-nb.de abrufbar.

Gedruckt in der Europäischen Union
auf umweltfreundlichem, chlor- und
säurefrei gebleichtem Papier.

© 2025 novum publishing gmbh
Rathausgasse 73, A-7311 Neckenmarkt
office@novumverlag.com

ISBN 978-3-903529-05-2
Umschlagfoto: Jürgen Möller
Umschlaggestaltung, Layout & Satz:
novum Verlag

www.novumverlag.com

Druckprodukt mit finanziellem
Klimabeitrag
ClimatePartner.com/16547-2311-1001

Inhaltsverzeichnis

Meine erste Jagdeinladung

Fast alle Jagdscheinaspiranten haben im Jägerlehrgang anfangs Probleme, die geforderte Anzahl Wurfscheiben (früher nannte man die Dinger Tontauben) zu treffen.

Da ich aus einer Zeit berichte, als die Scheiben noch Tontauben hießen, werde ich sie im Folgenden auch so nennen.

In der Jägerprüfung unseres Landkreises, die ich auch bestehen wollte, wurden zu der Zeit von 10 Traptauben mindestens 3 Treffer gefordert.

Ich, zu dieser Zeit schon geübter Sportschütze in der Spezialdisziplin Tontauben-Skeet, habe damit natürlich keine Probleme, denn schließlich habe ich schon Landesmeisterwürden errungen und sogar schon an Deutschen Meisterschaften, wenn auch nur mit mäßigem Erfolg, teilgenommen.

Dann die Jägerprüfung!

Die Kugeldisziplin haben alle Teilnehmer mehr oder weniger deutlich bestanden, aber beim Taubenschießen sind acht Aspiranten „durchgerauscht".

Dabei vier Damen.

Ich habe „voll" geschossen und sonne mich in meinem Erfolg.

Bei zwei Damen hat es – wegen der mit zwei Treffern doch fast bestandenen Prüfung – Tränchen gegeben. Beim anschließenden Beisammensein kommen die acht, auf mich zu und fragen, ob ich ihnen in der einen Woche bis zum Nachschießen das Treffen beibringen kann und will. Natürlich bin ich mordsstolz und sage spontan zu.

Später, zu Hause, als ich darüber nachdenke, folgt nach und nach die Ernüchterung. Das Ganze ist natürlich sehr zeitaufwendig und wir haben nur eine Woche Zeit. Aber versprochen ist versprochen.

Am nächsten Tag hänge ich mich dann an die Strippe und rufe die Verantwortlichen der Tontaubenschießstände in der näheren und weiteren Umgebung an.

Nach vielem Hin und Her steht fest: Wir haben die Möglichkeit, an jedem Tag bis zum Nachschießen auf einem anderen Schießstand zu trainieren. Dass wir dabei Strecken bis zu 200 km am Tag zurücklegen müssen, sei nur am Rande erwähnt.

Auch die Organisation, „wer holt wen ab und fährt mit wem in wessen Auto," muss vorher geklärt sein, da ich sonst bei neun Personen schon das Chaos vorprogrammiert sehe.

Bis dann die Organisation im Vorfeld steht und ich der kommenden Woche in Ruhe entgegensehen kann, vergeht das ganze Wochenende.

Ich habe eine Woche Urlaub eingereicht und so geht es schließlich am Montag los.

Beim Nachschießen bestehen dann sieben der Probisten mit zwischen sechs und acht Treffern die Prüfung. Darauf bin ich noch heute stolz. Eine der Damen verkrampft sich während des Schießens völlig und schießt fast alles hinterher.

Als sie begreift, dass sie ohnehin nicht mehr bestehen kann, weil nur noch zwei Tauben zu beschießen sind, löst sich ihre Verkrampfung und sie trifft beide!

Die Acht haben mir dann nach Abschluss der Prüfung ein Jagdmesser mit allem Drum und Dran einer bekannten Nobelmarke geschenkt. Noch heute führe ich es bei der Jagd ständig bei mir.

Auch Ruth, eine achtzehnjährige Abiturientin, ist eine der acht, denen ich durch die Prüfung geholfen habe.

Nach Bestehen der Prüfung, im Verlauf des Abschlussabends, spricht mich Ruths Vater an: „Wir haben ihnen zu danken. Sie sind in mein Revier eingeladen und dürfen sich dort einen Ansitzhasen schießen. Ich melde mich bei ihnen". Kurz und knapp seine Art. Ich habe ihn später noch besser kennen und schätzen gelernt.

Meine erste Jagdeinladung! Ich darf mir einen Hasen schießen, Wahnsinn! Dabei habe ich doch gerade erst die Prüfung bestanden und noch nicht einmal Gelegenheit gehabt, den ersten Jahresjagdschein zu lösen.

Der Abschluss des Abends wird dann noch so feuchtfröhlich, dass ich mich an das Ende nicht mehr so ganz genau erinnern kann.

Es vergehen sieben lange Monate. Dann der Anruf: „Hier ist Ruth's Vater. Sie erinnern sich an mich! Ich lade sie zum Samstag ein. Sie können sich dann den versprochenen Hasen schießen. Haben sie schon eine Hornett?"

Auch diese Einladung knapp und präzise. Der Architekt kann und will den ehemaligen Offizier nicht verleugnen.

Die Frage nach der Hornett muss ich verneinen. Einige der wichtigsten Dinge für mein künftiges Jägerleben habe ich zwar schon angeschafft, aber die Hornett war eben bisher noch nicht so wichtig. Ruth's Vater beruhigt mich: „Sie schießen dann eben mit meiner Hornett." So einfach ist das! Ich bedanke mich, doch er hat schon aufgelegt.

Die Beschreibung des Treffpunktes in dem ca. 40 km entfernten Revier war so präzise, dass ich den Weg ohne Probleme auf Anhieb finde. Natürlich bin ich 10 Minuten vor der verabredeten Zeit am Treffpunkt. Der erste Eindruck ist oft der wichtigste! Man weiß ja nie, wie sich das Ganze noch entwickeln kann.

Zwar habe ich im Revier meines Freundes Wilfried zwischenzeitlich schon recht erfolgreich gewaidwerkt und zwei Überläuferkeiler gestreckt – aber heute habe ich doch ein bisschen Herzklopfen, handelt es sich doch um meine allererste Jagdeinladung. Außerdem ist es meine erste auf Hasen.

Wie es nicht anders zu erwarten war, ist Ruth's Vater pünktlich auf den Glockenschlag. Sofort nach der Begrüßung kommt er zur Sache: „Haben sie schon einmal mit einer Hornett geschossen?" Ich verneine.

Bevor ich jedoch geantwortet habe, fängt er schon an, das Gewehr und eine Zielscheibe auszupacken. Seine Frage hatte also offenbar nur Alibifunktion. Er hätte mich auch bei einer anderslautenden Antwort probeschießen lassen. Und genau das geschieht jetzt.

In ca. 100 m Entfernung steht – schon vorbereitet – ein Gestell, an dem er jetzt die Scheibe befestigt. Wieder zurück, legt er ein Kissen aufs Autodach, lädt die Büchse, legt auf dem Autodach an und schießt auf die Scheibe, die sich in ihrem Gestell vor einem sanft ansteigenden Hügel befindet. „Um nichts und niemanden im Hintergrund zu gefährden," wie er mir erklärt hat.

Mich erstaunt, wie sich der Büchsenknall sofort in der Weite des traumhaft gelegenen, von sanften Hügeln durchzogenen Reviers verliert. Ich hatte ihn lauter erwartet.

Bei der Scheibe angekommen, stellen wir fest, dass er die ca. 3 cm durchmessende Zehn unten angekratzt hat. Unter den gegebenen Bedingungen auf 100 Meter ein blitzsauberer Schuss. Ich bringe das auch deutlich zum Ausdruck.

Jetzt gibt er mir die Waffe. Obwohl ich mich als gestandenen Mann betrachte – immerhin bin ich Mitte 30, verheiratet, habe einen Sohn und bin auch beruflich halbwegs erfolgreich – klopft mir jetzt das Herz bis zum Hals.

„Schwachkopf" schelte ich mich innerlich „ein Schuss wie jeder andere und schießen kannst du doch!"

Der Schuss bricht und ich habe eigentlich ein gutes Gefühl. Ich bin zentral abgekommen. Gemessenen Schrittes gehen wir zur Scheibe.

Das hier geschilderte Probeschießen hat vor vielen Jahren stattgefunden und ich erinnere mich noch, als sei es erst gestern gewesen, dass ich am liebsten gelaufen wäre.

Wir erreichen die Scheibe und ich erlebe einen Augenblick tiefster Befriedigung, wie man ihn nur ganz selten in einem Menschenleben genießen darf. Der Schuss sitzt so mitten in der Zehn, wie es zentraler nicht mehr möglich ist!

Er klopft mir anerkennend auf die Schulter mit der Bemerkung: „Für heute gehört die Waffe ihnen!"

Wenig später sitze ich auf einem Leitersitz, die Waffe quer vor mir auf den Streben abgelegt, vor mir ein kleines Kuschelgelände. Es liegt mitten in einem, sonst relativ kahlen, landwirtschaftlich genutzten Teil des Reviers. Die Dorfbewohner nennen das Gelände „Im Puste", was auch immer das bedeuten mag.

Bei meinen bisherigen wenigen jagdlichen Einsätzen habe ich mich noch nie über schlechtes Wetter ärgern müssen. Heute bewahrheitet sich aber einmal wieder das Sprichwort: Irgendwann ist jeder dran!

Der leichte Novemberwind verbündet sich mit dem staubfeinen Nieselregen und beide im Verbund lassen mich schon nach kurzer Zeit frösteln. Wenig später setzt der erste Schüttelfrost ein.

Vorsichtig und möglichst lautlos schlage ich den Parkakragen hoch und ziehe den Hut tiefer ins Gesicht. Das 8 x 56 Fernglas stecke ich zum Schutz gegen den Regen unter den Parka.

Es dämmert und die Farben verblassen. Die Umgebung verwandelt sich in ein Szenarium von Tausenden abgestuften Grautönen. Die Sicht verschlechtert sich jetzt zusehends. Dafür lässt aber der Nieselregen nach und hört schließlich ganz auf. Endlich kann ich das Fernglas wieder herausnehmen. Dadurch erweitert sich mein Horizont schlagartig.

Im Hintergrund erkenne ich jetzt eine Ricke mit zwei Kitzen die quer zu meiner Position, hier und dort äsend, langsam über den Acker bummeln. Ich kann eindeutig ein Bock- und ein Rickenkitz unterscheiden, wobei mir auffällt, dass das Rickenkitz deutlich schwächer ist. Ich nehme mir vor, dies dem Jagdherrn zu berichten. Vorerst genieße ich aber das schöne Bild, das mich fast mein Schütteln vergessen lässt.

Die Dämmerung schreitet weiter fort und die Sicht wird kontinuierlich schlechter. Bald ist das Ansprechen auch größerer dunkler Flecken im Kuschelgelände nur noch mit dem Fernglas möglich.

Plötzlich lässt mich eine Bewegung rund fünfzig Meter vor mir zusammenzucken. Im Doppelglas erkenne ich eindeutig einen Hasen!

Vorsichtig das Glas weglegen und mit zitternden Händen die Büchse in Anschlag bringen, sind die nächsten Bewegungsabläufe.

Dann die Überraschung!

Im Zielfernrohr 6 x 42 erkenne ich nur noch schemenhaft hellere und dunklere Punkte und Flecken.

Also: Büchse wieder vorsichtig quer über die Holme legen und Fernglas 8 x 56 „in Anschlag". Nun kann ich den Hasen wieder eindeutig ansprechen. Er sitzt ganz ruhig dort und putzt sich.

Was nun? Dann kommt mir blitzartig die rettende Idee. Ich fange von links an zu zählen: Erster grauer Fleck – Grasbüschel, zweiter grauer Fleck – Maulwurfshügel, dann wieder Grasbüschel, Maulwurfshügel, Maulwurfshügel, Hase. Diese Reihenfolge präge ich mir schnell ein. Schnell deshalb, weil das Licht jetzt doch rapide schwindet und ich sogar mit dem 8 x 56 Glas Probleme bekomme, aber noch geht es soeben.

Also: Grasbüschel, Maulwurfshügel …, der sechste Fleck ist der Hase. Noch einmal Kontrolle mit dem Doppelglas. Der sechste Fleck sitzt nach wie vor ruhig dort und putzt sich. Jetzt die Büchse in Ansc hlag. Kurz stoße ich mit dem Kolben an Holz, aber doch nicht so heftig, dass es den Hasen verschreckt haben könnte.

Noch einmal im Zielfernrohr die Reihenfolge: Erster Fleck, zweiter Fleck ..., der Zielstachel krallt sich in den sechsten Fleck und zwar genau dorthin, wo ich mit dem Doppelglas das Blatt erkannt habe. Einstechen – Knall.

Genau in diesem Moment setzt der Nieselregen noch heftiger ein als zuvor und der kalte Nord-Ost frischt noch einmal auf. Trotzdem zittere ich nicht nur wegen des widrigen Windes am ganzen Körper. Ein alter, erfahrener Jäger hat mir Jungjäger einmal erklärt, dass er, wenn er diese Erregung vor und nach dem Schuss einmal nicht mehr spürte, sofort die Jagd aufgeben würde, weil er sich dann vom Jäger zum Schießer entwickelt hätte.

Da besteht bei mir momentan nicht die geringste Gefahr, denn im Augenblick zittere ich noch wie Espenlaub.

Wie hat man es uns im Jägerlehrgang beigebracht: Erst eine Zigarettenlänge Pause, bevor man sich zum Anschuss bewegt. Da ich zu dieser Zeit noch Raucher bin, befolge ich diesen Rat und rauche in nervösen, hastigen Zügen hinter dem vorgehaltenen Hut.

Hinter mir rollt jetzt der BMW von Ruth's Vater mit Standlicht heran. Die noch übriggebliebene halbe Zigarette trete ich auf dem nassen Boden aus.

Gemeinsam gehen wir zum Anschuss. Zielstrebig eile ich dorthin, wo meine Jagdbeute liegen muss und finde – NICHTS.

Das kann nicht sein. Ich schieße auf diese Entfernung nicht vorbei!

Selbst mit der Taschenlampe ist nichts auszumachen, weder ein verendeter Hase noch eine Schussspur im Boden.

Plötzlich hinter mir ein verhaltenes: „Waidmannsheil!" Ruth's Vater hat es ausgesprochen. Ich zucke zusammen und eile dann auf ihn zu.

„Sie haben mit einem ganz sauberen Schuss einen – Maulwurfshügel erlegt!" Tatsächlich, der frische Einschuss ist deutlich auszumachen.

Vor Scham würde ich jetzt am liebsten im Boden versinken, aber er lässt solche Gefühle erst gar nicht bei mir aufkommen.

„Nehmen sie es sich nicht allzu sehr zu Herzen. Wir alle sind nur Menschen und nur wer noch nicht gejagt hat, hat noch keine Fehler gemacht."

In den folgenden Jahren war ich noch oft im Revier von Ruth's Vater zu Gast und habe sehr viel von Wolfgang – wir sind inzwischen per Du – gelernt.

Meinen Hasen habe ich dann am kommenden Wochenende an gleicher Stelle erlegt.

Was nun passiert war, ob der Hase wegen des Anstoßes des Kolbens an das Holz der Ansitzleiter das Weite gesucht hatte oder ob ich mich bei dem diffusen

Licht einfach nur verzählt hatte, wird sich nie mehr klären lassen. Zu meiner inneren Beruhigung habe ich immer das Erste angenommen.

Eine Lehre habe ich aber für mich aus meiner ersten Jagdeinladung gezogen:

Fehler dieser oder ähnlicher Art habe ich künftig nie wieder – na ja, fast nie wieder – gemacht!

Jeder ist für seinen Schuss
selbst verantwortlich

Ich bin in Grasdorf geboren und in dieser ländlichen Umgebung auch aufgewachsen. Ein Glück, das ich erst rückblickend richtig zu würdigen weiß.

Der Kontakt zu Tieren und zu einer damals noch weitgehend intakten Natur wurde mir von meinen Eltern durch die Wahl des Wohnortes quasi zum Geschenk gemacht.

Schon als Junge wollte ich Jäger werden. Dem damaligen Jagdpächter war das natürlich bekannt; denn in einem so kleinen Dorf bleibt der Gemeinschaft kaum etwas verborgen.

Es war also ganz normal, dass mein damaliger Freund Horst und ich schon als Achtjährige zu den Treibjagden als Treiber eingeladen wurden. Natürlich gab es dafür schulfrei.

Berufsbedingt war ich dann vom 18. – 28. Lebensjahr in anderen Orten ansässig, verlor aber – wohl auch hauptsächlich durch die regelmäßigen Besuche bei meinen Eltern – niemals so ganz den Kontakt zu meinem Geburtsort.

Inzwischen glücklich verheiratet und Vater eines Sohnes zogen wir dann – ich 28 Jahre alt – wieder zurück nach Grasdorf, das zu diesem Zeitpunkt, nach der Gebiets- und Verwaltungsreform, schon ein Stadtteil der neugeprägten Stadt Laatzen war.

Die Stadt hat inzwischen über vierzigtausend Einwohner, wobei ich allerdings mit dem gewissen inneren Stolz des gebürtigen Grasdorfers feststellen darf, dass sich der alte Ortskern von Grasdorf seinen dörflichen

Charakter und einen gewissen bäuerlichen Charme bis heute erhalten hat. Selbst ein Landwirt, mein Stammtischfreund Karlheinz praktiziert hier noch. Ich hoffe, dass das alles noch lange so bleiben wird.

Mit 35 Jahren habe ich dann endlich, beruflich jetzt so halbwegs etabliert, die Jägerprüfung abgelegt.

Im Herbst danach, der früher sehr enge Kontakt zu den alten Grasdorfern, ist durch meine zehnjährige Abwesenheit, doch mehr geschrumpft, als ich anfangs vermutet hatte, ruft mich der Jagdpächter Heino an.

„Hast du am Samstag Zeit?" Als ich bejahe: „Dann bist du hiermit zur Fasanenjagd auf dem Berg eingeladen. Wir wollen mal durch die Rüben gehen!" Er nennt mir noch Treffzeit und Ort und ehe ich mich noch richtig bedanken kann, ist die Verbindung schon unterbrochen.

Eine Jagdeinladung vor Ort! Ich kann mir im Moment nichts Schöneres vorstellen, als auf den Äckern des Kronsberges, auf denen ich mir schon als jugendlicher Treiber – wegen des besonders schweren Bodens – „große Füße" geholt habe, selbst die Flinte zu führen.

Am kommenden Samstag bin ich natürlich der Erste am Treffpunkt, dem Garten „auf dem Berge". Man muss sich hier keinen Berg im eigentlichen Sinne vorstellen. Der Kronsberg ist vielmehr eine flache Bodenerhebung von ca. 20 qkm Fläche. Ein Teil davon gehört zum Grasdorfer Revier, so eben auch der „Garten", eine langgezogene, ehemals als Obstgarten genutzte Streuobstwiese mit einer Fläche von ungefähr zwei Hektar. Heino hat sie – das erfahre ich allerdings erst später – zur Bereicherung des Biotops im Revier, schon seit längerer Zeit gepachtet.

Während der Zeit des Wartens auf die anderen Jäger sehe ich mich vom Weg aus, der am Garten vorbei führt, im Garten um und beobachte, wie mehrfach Kaninchen über den mit Gras bewachsenen Untergrund huschen.

Ab und zu ertönt das blecherne Trompeten eines Fasanenhahnes aus dem angrenzenden Zuckerrübenschlag.

Deutlich merke ich, wie mich ganz langsam das Jagdfieber erfasst. Diesen Zustand zu schildern ist sicherlich schon häufig versucht worden und es ist auch sicher schon mehr oder weniger oft gelungen. Bei mir stellt es sich so dar, als stünde mein Körper ganzheitlich unter Hochdruck, als sei er an eine Stromquelle von vielen Tausend Volt angeschlossen. Ja, so trifft die Beschreibung am ehesten zu.

Da es meine erste Jagdeinladung dieser Art ist und ich natürlich nicht gleich wegen eines eventuellen Fehlers Anlass zu Heiterkeit oder Kritik geben will, teste ich gedanklich zum wiederholten Male meine Ausrüstung und überprüfe anschließend die Jagdtasche und die darin befindlichen Schrotpatronen. Zwanzig Patronen der Schrotgröße 3 mm habe ich eingesteckt. Fünf Patronen der Schrotgröße 4 mm bewahre ich in der linken Parkaaußentasche auf, um sie notfalls schnell bei der Hand zu haben. Frei nach dem Motto: Der Fuchs kann immer kommen!

Nach und nach treffen die anderen Jäger ein. Außer mir hat der Jagdherr noch vier weitere eingeladen. Alle sind pünktlich. Wie die anderen bedanke ich mich für die Einladung.

Drei der eingeladenen Jäger sind mir gut bekannt. Es sind Lutz, der Grasdorfer Fleischermeister und Siegfried, ebenfalls ein Grasdorfer und Hobbytontaubenschütze wie ich (auch zu dieser Zeit nannte man die runden Dinger noch Tontauben), sowie Dieter, einer der wenigen damals noch praktizierenden Grasdorfer Landwirte. Wir alle sind als Kinder zusammen aufgewachsen und haben, in wechselnden personellen Zusammensetzungen, so manchen gemeinsamen Streich hinter uns. Wenn heute am Stammtisch hin und wieder das Gespräch darauf kommt, so sind wir übereinstimmend froh, dass inzwischen Gras über vieles gewachsen ist! Nur wir, die direkt Beteiligten, haben manchmal noch Grund zum verhaltenen Schmunzeln, wenn wir uns gemeinsam erinnern.

Der vierte außer mir eingeladene Jäger stammt nicht aus Grasdorf. Er ist mir nicht bekannt.

Heino begrüßt uns und erklärt den geplanten Verlauf der heutigen Jagd. Demnach wollen wir zuerst durch verschiedene Rübenschläge streifen und: „falls dann noch Zeit bleibt uns auch noch um die Karnickel kümmern."

Er schließt mit dem Satz: „Im Übrigen ist jeder für seinen Schuss selbst verantwortlich!"

Für mich ist das alles Neuland. Zwar sind wir im Jägerlehrgang theoretisch über den Ablauf verschiedener Jagdarten unterrichtet worden, doch hier bewahrheitet sich einmal mehr das Dichterwort: Grau ist alle Theorie.

Die Praxis ist, jedenfalls für mich in diesem Falle, anders, neu, aufregender.

Besonders der Satz des Jagdherrn: „Im Übrigen ist jeder für seinen Schuss selbst verantwortlich!" fasziniert mich. Ich präge ihn mir ein und werde ihn künftig nicht mehr vergessen.

Noch heute, seit Jahren selbst Pächter einer Eigenjagd in der Lüneburger Heide, hänge ich den Satz in genau der gleichen Wortreihenfolge an jede Begrüßung meiner Jagdgäste und jedes Mal habe ich dann die vorgeschilderte Begrüßung durch Heino wieder vor Augen.

Die näheren Umstände und weshalb das so ist, werde ich im Folgenden schildern.

Nach der kurzen Begrüßung gehen wir den ersten Rübenschlag an. Der Jagdherr schickt uns nach und nach quer zu den Ackerfurchen auf unsere Positionen.

Dann das Zeichen: Heino's nach oben angewinkelter Arm senkt sich zu einer waagerechten Linie nach vorn: „Los!"

Verstohlen betrachte ich die rechts und links neben mir stehenden Jäger. Ruhig aber aufmerksam nach vorn schauend setzen sie sich in Bewegung. Sie wirken so sicher und abgeklärt. Ob man mir meine Erregung anmerkt? Ich wünschte, ich würde so sicher wirken wie die Zwei.

Jetzt aber nach vorn schauen und konzentrieren. Dabei ganz langsam vorwärts bewegen.

Vor uns – nicht immer so ganz bogenrein – buschieren ein Deutsch-Kurzhaar und ein Kleiner Münsterländer. Manchmal spürt man ihren unbändigen Drang nach vorn. Dann werden sie umgehend von ihren Herren zurückbeordert und sie gehorchen wirklich aufs Wort.

Da, im linken Augenwinkel eine schnelle Bewegung, kaum wahrnehmbar. Meine Flinte ruckt, verhällt aber sofort in halber Höhe. Drei Sperlinge flüchten mit schnell schaukelndem Schwingenschlag nach vorn links.

Kolben wieder an die Hüfte, Mündung nach vorn aufwärtsgerichtet. Ganz langsam vorwärts.

Ein ganz leichter Wind aus Ost, aber nicht unangenehm, nicht kalt. Das Wetter wird auch halten. Wolken dieser Art bringen keinen Regen. Doch das alles nehme ich nur verschwommen im Unterbewusstsein wahr. Für bewusste Wahrnehmungen dieser Art ist meine innere Anspannung viel zu groß. Das Jagdfieber lässt weitere Beobachtungen anderer Art momentan nicht zu.

Weiter langsam vorwärts.

Da, der Münsterländer steht vor, ca. zwanzig Meter vor der Jägerkette, allerdings links von meiner Marschrichtung. Lutz schiebt sich langsam auf den Hund zu. Die Spannung wird unerträglich. Wäre nicht der leichte Wind, könnte man wohl die Spannung knistern hören.

Lutz hat den Hund fast erreicht. Jetzt springt dieser mit einem Satz nach vorn und – nichts!

Jäh fällt die Spannung von mir ab. Aber nur für einen kurzen Moment, dann hat sie mich wieder voll im Griff.

„Da hat ein Fasan gesessen und der ist jetzt als Infanterist auf dem Wege nach vorn," ertönt Heino's Stimme von links. Er bewegt sich auf unserer Höhe auf dem angrenzenden Wirtschaftsweg.

Eine gute Position wie ich nach der Jagd beurteilen kann, denn die Fasanenhähne die ungeschoren nach links in den Garten flüchten wollen, sind seine sichere Beute. Und mit seiner überlangen Sechzehner Hahnflinte, einem uralten Stück, lässt er nichts vorbei.

Was mich allerdings in diesem Moment bewegt ist die Frage: Gehört das Wort Infanterist zur Jägersprache oder wurde es nur für solche speziellen Fälle aus dem militärischen Wortschatz ausgeliehen? Ich nehme mir fest vor, diese Frage später zu klären.

Plötzlich der typisch klatschend klingelnde Schwingenschlag. Wieder ruckt meine Flinte nach oben. Halb links die Bewegung in der Luft.

„Henne!" Aus mehreren Kehlen gleichzeitig der Schrei. Auweia, fast hätte ich geschossen. Natürlich hat der Jagdherr keine Hennen freigegeben.

Auch Lutz und Siegfried rechts und links neben mir senken gerade ihre Flinten.

Weiter durch die Rüben, dabei aufpassen, dass man mit den Füßen die Reihenzwischenräume erwischt, da man sonst ständig ins Straucheln gerät. Dieses bewusste Gehen in den Reihenzwischenräumen gibt uns allen einen komischen, seltsam schaukelnden Gang. Von vorn muss das ganz lustig aussehen.

Wieder das typische Klatschen, direkt vor mir.

Schillernd bunte Federn. Rrumms! Ein Reflex! Ich habe geschossen. Wie ein Stein fällt der Hahn zwischen die Rübenblätter.

Sofort ist der Hund da und apportiert die Beute. Der Hundeführer überreicht mir den Hahn.

Dann von links die Stimme des Jagdherrn: „Den Hahn wirst du doch sicherlich kaufen wollen!" Nicht fragend sein Unterton. Bestimmend! Endgültig!

Obwohl noch halb betäubt von dem überwältigenden Erlebnis, erkenne ich sofort den Hintergrund des für Außenstehende vielleicht einfach so dahin gesagten Satzes.

Ich halte den Hahn in meiner Linken und begreife – allerdings noch mit einiger Verzögerung, weil ich meine Gedanken noch ordnen muss –, weshalb Heino das gesagt hat.

Hier hat nicht der Jäger geschossen, hier hat der wettkampferfahrene Tontaubenschütze, alles was er an leistungsorientiertem Reaktions- und Treffvermögen besitzt, in die Waagschale geworfen und – hat jagdlich verloren!

Der Hahn ist für den menschlichen Verbrauch nicht mehr geeignet; ich traf ihn aus ca. fünf Metern Entfernung voll.

„Im Übrigen ist jeder für seinen Schuss selbst verantwortlich!"

Wie das dumpfe Tönen einer Glocke dröhnt mir dieser Satz jetzt durch den Schädel.

Als der Jagdherr kurz vor Einbruch der Dunkelheit die Jagd beendet, liegen zwölf Fasanenhähne und zehn Kaninchen auf der Strecke.

Ein beachtliches Ergebnis. Mit nur sechs Jägern in einer relativ begrenzten Zeit. Es ist außerdem jeder zu Schuss gekommen und was besonders erfreulich ist: Jeder hat auch Waidmannsheil gehabt.

Nur ungern erwähne ich, dass ich mit insgesamt sechs gestreckten Kreaturen Jagdkönig geworden bin; denn so ganz richtig kann ich mich darüber nicht freuen.

Als Entschuldigung für meinen übereilten Schuss kann ich nur anführen, dass es der erste auf Flugwild war und dass ich – leistungsorientiert – fliegende Objekte bisher in Training und Wettkampf immer schnell beschießen musste, um erfolgreich zu sein.

Trotz der Scham, die ich wegen des übereilten Schusses empfand bin ich dankbar, dass mir Ähnliches seither nicht mehr passiert ist.

Der Jagdherr, Präsident der Hannoverschen Sportschützen, hatte gottlob Verständnis für meinen nicht gewollten Ausrutscher und trug mir nichts nach.

So darf ich mit Stolz bemerken, dass ich seitdem zu „seinem" festen Jägerstamm gehörte und bis jetzt ungezählte schöne Stunden und viele unvergessliche Jagden im Kreise der Grasdorfer Jäger erleben durfte.

Eines aber ist für alle Zeiten unauslöschlich in mir haften geblieben:

„Jeder ist für seinen Schuss selbst verantwortlich!"

„Sau tot"

Wilfried und seine Frau Olivia sind Pächter einer sehr schönen und besonders wildreichen Eigenjagd in der Süd – Heide.

Zusätzlich haben sie im Revier eine frühere – ehemals durch Wasserkraft betriebene – Holzmühle gepachtet und nutzen das Wohnhaus als Jagdhaus. Die Nebengebäude – die eigentliche Mühle, Ställe und Scheune – werden in mannigfaltiger Art genutzt.

An Lagerkapazität besteht dadurch verständlicherweise kein Mangel.

Ob Kirrmaterial, Holz für Ansitzeinrichtungen oder den Trecker mit dazugehörenden Gerätschaften – für alles ist genügend Platz vorhanden.

Vor Jahren schon hat sich Wilfried zusätzlich zur Jagd, neben der Mühle, zwei Forellenteiche ausschieben lassen.

Bei ihm habe ich zum Beispiel gelernt, dass man vor dem Braten von Forellen die Pfanne leicht mit Knoblauch einreiben kann.

Bei dem Gedanken an Wilfrieds Kochkünste läuft mir schon jetzt wieder das Wasser im Munde zusammen.

Wilfried behauptet von sich, er sei nicht zu schwer, er sei nur ein wenig zu klein für sein Gewicht und wer ihn kennt, der weiß, weshalb das so ist.

Ich habe selten vorher einen Mann mit solcher Begeisterung kochen sehen.

Schon in der Zeit, bevor ich den Jagdschein mein eigen nannte, hatte ich Gelegenheit, hier in diesem wunderschönen Revier erste jagdliche Eindrücke und Erfahrungen zu sammeln. Natürlich ohne Waffe versteht sich.

Mehrfach vor Beginn meines Jägerlehrganges habe ich hier mit Wilfried auf Ansitz gesessen. Hier habe ich schon vor Beginn des Lehrganges zum Beispiel das Aufbrechen und viele andere jagdlich bezogenen Dinge kennengelernt.

So hat es sich auch fast von selbst ergeben, dass ich, nun im Besitz meines ersten Jagdscheines, hier zum Sauansitz eingeladen werde. Das Revier und die Ansitzeinrichtungen sind mir ja wohlbekannt. Deshalb weiß ich es auch besonders zu schätzen, als mich Wilfried zu meinem ersten Ansitz mit Waffe auf seine Lieblingskanzel schickt.

Er hat eine besondere, liebenswürdige Art, Jagdgäste einzuteilen. So fragt er mich zum Beispiel vor dem Ansitz:„Möchtest du auf Fuchswinkel – Mitte gehen?"

Wer ihn kennt, weiß aber, dass er diese Frage als Direktive verstanden wissen möchte. Ich nicke also, bedanke mich und weiß im Inneren den Vorzug dieser Einteilung zu schätzen.

Dieter, ein alter Freund des Hauses, wird auf eine ähnlich nette und verbindliche Art auf die Kanzel„Schlafmützen" dirigiert. Auch sie grenzt an den Fuchswinkel.

Auf dem Fuchswinkel, einer großen, von verschiedenen Waldstücken umgebenen Wiese, haben in den vergangenen Tagen wiederholt Sauen gebrochen und Wilfried meint, wir hätten heute beim Septembermond gute Aussichten zum Schuss zu kommen.

Bevor wir uns auf den Weg machen, erinnert uns der Jagdherr noch einmal an die Abschussrichtlinien des Lüneburger Modells. Danach dürfen nur Sauen bis fünfzig Kilogramm gestreckt werden. Für führende Bachen herrscht natürlich absolutes Jagdverbot.

Es ist schon dunkel, als ich die Kanzel „Fuchswinkel – Mitte" erreiche. Wie der Name schon ahnen lässt, steht sie mitten auf dem Fuchswinkel. Von hier aus kann ich alle Waldränder rund um die große Waldwiese beobachten.

Ich richte mich häuslich ein und bin im Stillen dankbar, dass die Lieblingskanzel des Jagdherrn mit mehreren Decken und Kissen ausgestattet ist, denn es ist doch schon empfindlich kühl an diesem Septemberabend.

Ein leichter Wind treibt die Wolken vor sich her. Nur hin und wieder hat der fast reife Mond Gelegenheit, kurz durch ein Wolkenloch zu schauen. Immer dann hebe ich sofort das 8 x 56er Doppelglas und leuchte das Gelände rund um mich ab.

Halblinks vorn ist gerade ein Bock ausgetreten und nach längerem Sichern und mehrfachem Scheinäsen zieht er ruhig bis auf ca. fünfzig Meter näher und äst jetzt ganz vertraut.

Nach meiner Einschätzung ein guter reifer Sechser mit starken Dachrosen. Wilfried wird sich freuen, das von mir zu erfahren, denn der Abschussplan ist meines Wissens in Bezug auf männliches Rehwild noch nicht ganz erfüllt.

Ein Blick auf die Leuchtziffern meiner Armbanduhr. Schon 22.30 Uhr. Von Sauen habe ich bisher weder etwas gehört noch gesehen.

Vor mir am Waldrand äst seit geraumer Zeit eine Ricke mit zwei Kitzen. Immer wenn der Mond durch ein Wolkenloch schaut, kann ich ihr Treiben beobachten. Der Bock ist inzwischen verschwunden. Er muss während einer bewölkten Phase wieder eingewechselt sein.
Wieder taucht der Mond die Waldwiese in fahles Licht. Ricke und Kitze äsen nach wie vor vertraut.
Doch dann wirft die Ricke plötzlich und unvermittelt auf und wittert in Richtung Waldrand. Sie steht bewegungslos, starr wie eine Statue. Jetzt werden auch die Kitze aufmerksam und tun es ihr nach.

Natürlich fehlt es mir noch an jagdlicher Erfahrung, aber dass sich dort etwas Beachtenswertes anbahnt, erahne selbst ich als Jungjäger in diesem Moment.
Nach wie vor steht die Ricke bewegungslos. Jetzt schon fast fünf Minuten. Die Kitze haben das nicht so lange ausgehalten. Sie äsen schon seit einiger Zeit wieder ganz ruhig. Das ungestüme Herumtollen, wie vor der Zeit, als die Ricke noch nicht so starr stand, haben sie allerdings eingestellt. Sie halten sich jetzt auch auffällig dicht bei der Mutter auf. Alles Zeichen, die – wenn ich sie richtig zu deuten verstehe – auf das Herannahen anderen Wildes hindeuten könnten. Sind vielleicht Sauen im Anwechseln? Plötzlich spüre ich meinen Puls im Hals klopfen.

Dann Wolken – wie im Theater geht der Vorhang zu.

Das Mondlicht drückt zwar durch die Wolken, es reicht aber nicht aus, um Einzelheiten anzusprechen. Trotz angestrengten Beobachtens durch das Fernglas kann ich die drei Stücke Rehwild nur schemenhaft erahnen, könnte sie nicht einmal sicher als Rehwild ansprechen. Ich setze das Glas ab. Es hat so doch keinen Sinn.

Plötzlich ein Wolkenloch, Vorhang auf – doch die Bühne ist leer! Auch mit dem Glas vermag ich die Rehe nicht mehr zu entdecken.

Tief in meinem Inneren schrillt eine Alarmglocke! Berechtigt, wie sich gleich herausstellt.

23.10 Uhr zeigen die Leuchtziffern. Knack, Knack, laut und deutlich schallt es aus dem Wald vor mir. In dieser Lautstärke unmöglich von leichtem Rehwild verursachbar!

Knack, Knack, Knack, wieder direkt vor mir.

Rotwild oder Sauen?

Krampfhaft versuche ich, mit dem Glas am Waldrand Bewegungen auszumachen. Doch dann, Vorhang zu – der Mond verabschiedet sich wieder hinter den Wolken.

Trotz des nicht im geringsten ausreichenden Lichtes, suche ich verbissen den Waldrand ab. Halt, war da eben nicht eine Bewegung? Ruckartig schwingt das Glas zurück. Bewegung oder nicht? Oder wieder nur der etwas vorstehende Busch, über den ich optisch schon einige Male gestolpert bin?

Vorhang auf. Bühne leer ... nein, direkt vor mir eine Bewegung – oder doch nicht? Doch! Jetzt ganz deutlich ein Stück Schwarzwild! Das Hinterteil noch im Bestand, am Waldrand brechend.

Und nun leuchtet mir mit einem Schlag ein, was die „Alten" immer gemeint haben, wenn sie von Schwarzwildjagden erzählten. Mehrfach hatte ich mich darüber gewundert, dass sie angeblich einzelne Stücke bei hellem Mondlicht nicht sauber nach ihrer Größe ansprechen konnten und deshalb oft den Finger gerade gelassen haben.

Auch ich sehe mich in diesem Moment außerstande, das Stück als besonders groß oder besonders klein anzusprechen, weil ich keine Vergleichsmöglichkeit habe.

Der Qual der Wahl werde ich jetzt enthoben, denn der Vorhang geht wieder zu.

Die Bühne erscheint mir noch dunkler als vorher. Möglicherweise ist die Wolkendecke dicker geworden und das Mondlicht drückt noch weniger durch.

Wegen noch anhaltender Dunkelheit habe ich jetzt eine kleine Verschnaufpause. Mit zitternden Händen überprüfe ich den Repetierer und entsichere lautlos. Gar nicht auszudenken, wenn vielleicht durch eine kleine Gedankenlosigkeit irgendetwas schief ginge.

Nun wieder das Glas hoch, doch es ist nichts zu erkennen. Nur grau in grau. Plötzlich ein Laut, den mir Wilfried später im Gespräch als Blasen beschreibt. Danach schnell aufeinanderfolgendes Rascheln und Knacken. Dann wieder Stille.

Erst nach ungefähr zehn Minuten hat sich der Mond endlich wieder ein Wolkenloch gesucht. Kein Mensch kann nachempfinden, wie lang mir diese Zeit geworden ist.

Doch dafür werde ich hundertfach entschädigt! Was ich jetzt auf der Bühne erleben darf, nimmt mir buchstäblich den Atem.

Ungefähr zwanzig Sauen tummeln sich in einem optisch unentwirrbaren Hin und Her am Waldrand.

Die vier alle Überragenden dürften die Bachen sein. Die anderen repräsentieren völlig unterschiedliche Größenstufen.

Sofort der Griff zur .308 Winchester. Ganz vorsichtig meine Bewegungen. Jetzt nur nirgendwo anstoßen, denn das halten die Sauen mit Sicherheit nicht aus.

Dann liegt der Repetiere in der vorderen Luke auf. Von diesem Moment an beobachte ich die Rotte durch das 6 x 42 Zielfernrohr. Die Sauen erscheinen dadurch zwar etwas kleiner, das Bild ist auch nicht ganz so brillant wie mit dem 8 x 56 Fernglas, aber das Auge gewöhnt sich relativ schnell an die veränderten Bedingungen.

Hoffentlich hält der Mond. Gar nicht auszudenken, wenn jetzt plötzlich der Vorhang zuginge und die Vorstellung damit beendet wäre. Ein kurzer Blick zum Himmel lässt mich hoffen. Das aktuelle Wolkenloch scheint ausreichend. Auch der Wind steht brauchbar, nämlich von rechts nach links.

Im Moment also alle Voraussetzungen optimal in meinem Sinne.

Bis fünfzig Kilogramm und keine führende Bache!

Dabei habe ich schon große Probleme auch nur ein einzelnes Stück allein ins Glas zu bekommen. Doch in diesem Moment, wie bestellt, sondert sich eins von der Rotte ab und bewegt sich ruhig, die ganze Zeit brechend, nach links in Richtung Waldecke.

Einen Moment verliert der Mond jetzt sein Licht – mir wird ganz mulmig im Bauch – aber nur, um Sekunden später umso intensiver zu leuchten.

Das Stück bewegt sich quer vor einem Hintergrund aus hellen, trockenen Pflanzenresten. Für mich ein besonders glücklicher Umstand, denn dadurch werden mir die letzten Zweifel genommen. Ich kann es deutlich ansprechen, der Pinsel hebt sich deutlich vor dem hellen Hintergrund ab.

Es ist ein Keiler!

Verglichen mit den anderen Stücken der Rotte, speziell auch mit den starken Bachen, schätze ich sein Gewicht auf höchstens fünfzig Kilogramm.

Schießen oder nicht? Natürlich! Der Sorgfaltspflicht, auch in Bezug auf das Lüneburger Modell, ist Genüge getan.

Dumpf dröhnt mein Pulsschlag in den Ohren. Mein Gott, es ist wirklich einfach, eine Scheibe zu beschießen, aber dort vorn bewegt sich eine Kreatur. Das heißt, im Moment steht der Überläuferkeiler still, windet mit erhobenem Haupt. Jetzt äugt er zurück zur Rotte.

Der Deutsche Stecher macht keinen Laut, obwohl mein rechter Zeigefinger ihn vor Erregung erst im zweiten Anlauf findet. Jetzt die vorsichtige Suche nach dem Abzug. Der Zielstachel steht kurz hinter Blatt.

Niemals vorher bin ich vom Mündungsfeuer so geblendet worden. Der kräftige Rückschlag nimmt mir zusätzlich den Blick auf mein Ziel.

Als ich die Zieloptik wieder vors Auge bringe, ist die Bühne leer, als hätte es hier nie eine Rotte Sauen gegeben.

Dort vor der nach links geneigten Birke habe ich ihn beschossen. Dort müsste er jetzt liegen, aber trotz des momentan recht hellen Mondlichts ist nichts auszumachen. Auch das 8 x 56 zeigt mir nicht die erhoffte Jagdbeute.

Ein böser Verdacht keimt in mir auf. Vorbeigeschossen oder gar schlecht getroffen? Nein, bitte nicht, nicht meine erste Sau.

Die Uhr zeigt 00.20 Uhr.

Die anschließenden hastigen Züge aus der Zigarette sind – damals noch – reine Routine und sollen eigentlich nur das Nikotinbedürfnis stillen. Die Nerven beruhigen sie jedenfalls nicht.

Für 01.00 Uhr habe ich mich mit Dieter verabredet. Dann wollten wir, falls kein Schuss gefallen sein sollte, direkt zurück zur Holzmühle gehen.

Falls es geknallt hat, so haben wir es abgesprochen, wollen wir uns zu diesem Zeitpunkt am Hochsitz des Schützen treffen.

Die Zeit will nicht vergehen. Am liebsten ginge ich sofort zum Anschuss.

Endlich im langsam aufziehenden Bodennebel Dieters schemenhaft herannahende Gestalt. Längst stehe ich unten neben der Leiter.

„Waidmannsheil!" Sein jagdlicher Glückwunsch erscheint mir aber eher fragend. In kurzen Worten erkläre ich den Sachverhalt.

Dieter beruhigt mich:„Sauen liegen meistens nicht sofort und auf dem Punkt. Wir wollen nachsehen."

Der Routinier, er ist zu dieser Zeit schon fortgeschrittenen Alters, lässt sich von mir möglichst genau den Anschuss zeigen. Auf einer bewuchsarmen Stelle am Boden finden wir im fahlen Mondlicht tiefe Schaleneingriffe.

„Hier ist er abgesprungen," erklärt Dieter, ohne dabei im negativen Sinne schulmeisterlich zu wirken.

Gezielt suchen wir jetzt nach Schweiß und Schnitthaar, finden jedoch, auch im Licht der Taschenlampen, nichts.

Dann hat Dieter plötzlich ein weißes Papiertaschentuch in der Hand. Er entfaltet es und zieht es locker, beginnend bei den tiefen Schaleneingriffen in Richtung Waldrand, kreuz und quer über den flachen Bewuchs.

Hin und wieder dreht er es um und schaut es sich genau an. Beim vierten Nachsehen winkt er mich näher und zeigt mir winzige rötliche Wischer auf dem Weiß. Dass es sich dabei um Schweiß handelt, muss er mir nun nicht mehr erklären.

Ich habe also getroffen! Aber wo? Tiefe, nagende Zweifel befallen mich. Jetzt bin ich plötzlich gar nicht mehr so sicher, auch wirklich vernünftig abgekommen zu sein.

Ein paar Meter bis zum Waldrand suchen wir noch und finden dort sogar einige Tropfen Schweiß. Dann bricht Dieter die Suche ab.

„Hier können wir im Moment nichts mehr tun. Ohne Hund wird die Nachsuche zu gefährlich."

In der Holzmühle berichten wir Wilfried und Olivia den Sachverhalt. Mit Wilfrieds Einverständnis fahren wir dann mit Askan, dem etwas tollpatschigen Weimaraner, der schon seit Jahren fast zum Inventar der Holzmühle zählt, zum Anschuss.

„Ihr könnt es ja mal versuchen," hat Wilfried gesagt. „Wenn ihr mit Askan allerdings nach ungefähr zehn Minuten keinen Erfolg gehabt habt, brecht die Nachsuche ab. Dann rufen wir morgen Wilhelm mit dem Spezialisten."

Am Anschuss angekommen, wird Askan sichtlich unruhig. Er zieht am Schweißriemen, gefolgt von Dieter, direkt auf die Stelle am Waldrand zu, an der wir die Schweißtropfen gefunden haben. Ich bleibe, aufgekratzt wie ich bin, am Anschuss zurück. „Damit wir uns notfalls durch Zurufe verständigen können und ich dadurch den kürzesten Weg zurückfinde," hat Dieter gesagt.

Noch kurze Zeit höre ich das Knacken, verursacht durch den mit Passion vorwärtsstrebenden Hund, dann Stille.

Ich habe jegliches Zeitgefühl verloren. Es können fünf, es können aber auch schon dreißig Minuten vergangen sein. Mich beherrscht nur ein Gedanke:
„Hoffentlich…!"

Plötzlich aus dem schweigenden Walde vor mir, noch heute bekomme ich eine Gänsehaut, wenn ich daran denke, das Jagdsignal „SAU TOT!"

Ich schäme mich nicht zuzugeben, dass mir in diesem Augenblick Tränen in die Augen traten.

Schnell hat mich Dieter durch Zurufe zu seinem Standort dirigiert.

Nur zwanzig Meter vom Anschuss entfernt in einem trockenen Graben ist der, wie wir später feststellen, sechsundvierzig Kilogramm schwere Überläuferkeiler mit einem sauberen Treffer zur Strecke gekommen.

Noch einmal schallt das Signal durch den nachtstillen Wald: „SAU TOT!"

Nachsuche

Vollmond Anfang November.

Eine ungemütliche Jahreszeit. Regen, Nebel und außerhalb der Ortschaften oft schlechte Straßenverhältnisse dadurch, daß immer noch Zuckerrüben abgefahren werden. Dabei wird durch die Gummibereifung der landwirtschaftlichen Fahrzeuge Ackerboden mitgenommen und anschließend auf dem Straßenbelag verloren.

Zusammen mit dem Novemberregen und -nebel eine ausgesprochen rutschige Mischung.

Ich bin mit dem Pkw unterwegs in Richtung Wilfrieds Revier in der Heide und muss höllisch aufpassen, um nicht wegen der rutschigen Straßenverhältnisse in Kurven „abzuschmieren."

Schon in Peine habe ich die Autobahn verlassen und fahre jetzt „über die Dörfer". Mir war heute so danach, ein bisschen mehr von der Landschaft zu sehen. Außerdem bin ich gut in der Zeit und kann mir das Bummeln ausnahmsweise einmal leisten.

So ist auch noch Gelegenheit, während der Fahrt hin und wieder einen Blick nach rechts und links in die Gegend zu werfen und bereits ausgetretenes Rehwild zu registrieren.

Siebzehn Stücke habe ich gezählt, als ich gegen Mittag an der Holzmühle ankomme.

Wilfried und Olivia sowie Heinz, Wilfrieds damaliger Partner, sind bereits am Vormittag angereist.

Filippo, ein befreundeter Italiener, der schon seit über dreißig Jahren in Deutschland lebt und hier seit langen Jahren etabliert ist – er gehört auch zu Wilfrieds „Crew" – ist kurz vor mir eingetroffen.

Wie immer gibt es ein großes Hallo wenn jemand ankommt. So auch bei mir.

Olivia ist nicht anwesend. Sie macht Besorgungen. Also hat Wilfried gekocht. Eigentlich bin ich nicht auf warmes Essen eingestellt. Meine Frau hat mir so viel Brot mitgegeben, dass es bis zum späten Abend, bis zum Ende des Ansitzes auf Sauen, ausreichen würde.

Anschließend in der Nacht will ich wieder nach Hause fahren, weil Ellen und ich am Folgetag gemeinsame Erledigungen geplant haben.

Wie gesagt, eigentlich war ich nicht auf Mittagessen eingestellt, doch wer einmal erlebt hat, mit welcher Intensität und Überredungskunst Wilfried für von ihm zubereitetes Essen werben kann, der versteht, weshalb mir überhaupt keine Wahl bleibt, als mich mit an den Tisch zu setzen.

Es gibt Kalbsgeschnetzeltes mit Pfifferlingen. Ein Gedicht

Ich habe das Gefühl, dass sich die Pfifferlinge mengenmäßig mit dem Kalbfleisch die Waage halten. Dazu frische Heidekartoffeln. Aber jetzt gerate ich ins Schwärmen!

Ich koche zwar selbst ganz gern und man sagt auch, es sei genießbar, aber ich bin ja nicht angetreten, um ein Kochbuch zu schreiben.

Nach dem Essen, natürlich haben wir anschließend gemeinsam abgewaschen, kommen sofort die Karten auf den Tisch.

Seit Jahren wird in der Holzmühle, wenn noch Zeit bis zum nächsten Ansitz bleibt, Doppelkopf gespielt. Oft auch dann, wenn der letzte Ansitz vorbei, die Zeit zum Schlafengehen aber noch nicht gekommen ist.

Traditionsgemäß übernimmt Wilfried die Kasse. Bei dem Spiel geht es um Pfennigbeträge und noch nie habe ich erlebt, dass jemand pro Spieltag mehr als höchstens fünf Mark gewonnen oder verloren hat. Meistens hält es sich ohnehin die Waage.

Dann wird es Zeit für den Rickenansitz. Dieser Name hat sich – pauschalisierend – so eingebürgert. Wie in fast jedem Jahr ist der Abschussplan in Bezug auf weibliches Rehwild mal wieder zu kurz gekommen. Das heißt aber nicht, dass nun im Eilverfahren wahllos Ricken gestreckt werden. Ich denke, wer das täte, hätte die längste Zeit im Tülauer Revier mitgejagt.

Der Jagdherr legt besonderen Wert darauf, dass vornehmlich besonders schwache weibliche, aber auch männliche Kitze sowie schwache Schmalrehe und Geltricken gestreckt werden.

Durch gemeinsames Handeln ist es bisher fast immer gelungen den Abschussplan zu erfüllen.

Nachdem abgesprochen worden ist, wer wohin auf Ansitz geht, machen wir uns auf den Weg.

Ich sitze auf der Kanzel „Martins – Eck". Sie hat ihren Namen nach dem Wirt der Tülauer Gaststätte erhalten, auf dessen Rinderweide sie steht.

Der leichte Westwind und der nebelartig feine Niesel-regen stören mich nur wenig, denn die Kanzel ist nach Westen bis auf eine verschließbare transparente Luke dicht. Das Dach hält den Regen von oben ab.

Bei einsetzender Dämmerung, gerade ist ein Schuss ge-fallen, den ich nach der Richtung aus der er kam, glaube Filippo zuordnen zu können, treten nacheinander auf Martins Wiese zuerst ein Kitz und dann eine Ricke aus.

Im Fernglas spreche ich eindeutig ein gut entwickel-tes Bockkitz, einen angedeuteten Gabler und eine starke junge Ricke an. Sofort normalisiert sich mein Pulsschlag wieder. Solche Stücke lässt man hier richtiger- und ver-ständlicherweise leben.

Bis zum Ende des Büchsenlichtes erfreue ich mich an diesem Anblick.

Im direkt an die Wiese angrenzenden Wald habe ich zwi-schenzeitlich einen Marder durchs Unterholz huschen sehen, während auf der Wiese bis zur Dunkelheit ein Hase ohne erkennbares Ziel hin und her hoppelt.

Alles in allem ein interessanter Ansitz, der mir einige erfreuliche Anblicke bescherte.

Bei fast völliger Dunkelheit mache ich mich zurück auf den Weg zur Holzmühle.

Unter dem Überdach auf dem Hof befindet sich ein Ha-ken. Hier wird alles erlegte Wild zum Auskühlen auf-gehängt. Diesem Haken gilt beim Heimkommen mein erster Blick. Ein schwaches Rickenkitz hängt dort und auf spätere Nachfrage erfahre ich, dass es von Filippo gestreckt worden ist. Ich habe also die Richtung, aus der der Schuss in der Dämmerung kam, richtig erkannt.

„Waidmannsheil!" beglückwünsche ich den Schützen und reiche ihm die Rechte. Er bedankt sich und als alle wieder da sind, wird ihm bei einem zünftigen Schluck noch ein gemeinsames Waidmannsheil ausgebracht.

Nach dem Abendessen – ich komme einfach nicht dazu, etwas von meinem Mitgebrachten zu verzehren, weil der Jagdherr mal wieder viel zu viel vom Besten eingekauft hat – beginnt wieder das alte Spiel: Wer geht wohin?

Nach eingehenden Beratungen – Argumenten für und wider sowie Darstellungen und Gegendarstellungen – steht fest, wer wohin geht. Das Ganze hat fast zwanzig Minuten gedauert! Wir machen es uns wirklich nicht leicht.

Für mich ist klar: Ich gehe in den Wagen. Das bedeutet, dass ich mich – Heinz geht auf die Kanzel Voltau Ecke, Filippo besetzt Martins – Eck und Wilfried geht natürlich auf den Fuchswinkel – den anderen beim Anfahren und -gehen nicht anschließen kann, denn mein Weg führt in die entgegengesetzte Richtung.

Ungefähr eineinhalb Kilometer fahre ich mit dem Pkw, stelle ihn dann an dem dafür vorgesehenen Platz am Waldrand ab und gehe zu Fuß noch ungefähr vierhundert Meter auf dem schmalen Weg durch den Mischwald.

Hier, wo der von Uneingeweihten kaum bekannte Weg einen Knick nach links macht, steht „der Wagen". Es handelt sich dabei um einen ausrangierten, einachsigen Schäferkarren, der mit zusätzlichen, verschließbaren Sichtluken versehen, zu einem durchaus passablen Ansitzwagen umfunktioniert worden ist.

Er steht schon seit Jahren an dieser Stelle.

Ich richte mich häuslich ein und betrachte dann die Umgebung, das heißt, ich würde gern betrachten, aber der derzeit bedeckte Himmel und der verschwundene Mond lassen Derartiges momentan nicht zu.

So rekapituliere ich die Umgebung vor meinem geistigen Auge: In Blickrichtung nach vorn zieht sich der am Wagen abwinkelnde Waldweg gerade weiter. In Blickrichtung nach links liegt der Weg, auf dem ich angegangen bin. Rechts weiß ich eine längere Schneise, auf der sich – ungefähr dreißig Meter entfernt – eine häufig vom Schwarzwild angenommene Suhle befindet. Durch die kleine Luke in der hinter mir liegenden Tür könnte ich bei hellem Mondlicht in den ziemlich lichten Bestand blicken.

Auch dort finden sich, das weiß ich aus der Vergangenheit, die Sauen häufig zum Brechen und in verschiedenen Matsch- und Wasserlöchern zum Suhlen ein. Im Übrigen ist das Gelände hier recht feucht, fast moorig und mit unzähligen kleinen und kleinsten Gräben und Wasserlöchern durchzogen.

Nur ungern erinnere ich mich an die Drückjagd, bei der ich vor Jahren, damals noch als Treiber, hier in unmittelbarer Nähe in ein mooriges Loch geriet und mich nicht allein daraus befreien konnte. Ich mag mir gar nicht vorstellen, was passiert wäre, wenn nicht zufällig ein nachbummelnder Jäger in Rufweite vorbeigekommen wäre und mir herausgeholfen hätte.

Die gesamte Umgebung könnte ich jetzt mit eigenen Augen – wie geschildert – wahrnehmen, wenn der Mond sich zeigen würde. So, wie er sich jetzt allerdings versteckt, wird es wohl mit dem Büchsenlicht nicht allzu viel werden.

Wenigstens ist vom Wind hier im Wald nichts zu spüren. So darf ich darauf hoffen, dass ich eventuell herannahende Sauen wenigstens rechtzeitig hören kann. Aber selbst, wenn sie die dreißig Meter entfernte Suhle annehmen sollten, werde ich sie bei den herrschenden Lichtverhältnissen nicht erkennen und schon gar nicht einwandfrei ansprechen können.

Es wird mir also wohl nichts anderes übrigbleiben, als meine Zeit bis 01.00 Uhr – dann wollen wir alle abbaumen und uns anschließend in der Holzmühle zur Abschlussbesprechung treffen – hier abzusitzen.

Meine Gedanken schweifen ab, wandern nach Hause und beschäftigen sich mit den Dingen, die ich morgen mit meiner Frau erledigen will.

Das Waschbecken ist verstopft und der Sauger, mit dem ich die Verstopfung beseitigen will, macht dieses typisch schmatzende Geräusch: „Saug – schmatz!" und noch einmal: „Saug – schmatz!"

Um mich herum relative Helligkeit – der Mond scheint. Ich war offensichtlich eingeschlafen und habe von der heimischen Küche geträumt.

Aber die Geräusche bleiben!! Ganz typisch die Geräusche, die entstehen, wenn etwas aus sumpfig – moorigem Untergrund stapft.

Sofort bin ich hellwach und die Gegenwart hat mich wieder. Noch einmal ganz deutlich: „Platsch – schmatz." Genau diese Art von Geräuschen habe ich in meinen Traum eingebaut, bis sie mich schließlich geweckt haben.

Etwas bewegt sich ziemlich dicht hinter mir im moorig – feuchten Untergrund!

So schlimm kann es dann aber mit meinem Schnarchen nicht sein, denn sonst hätte das Wild hinter mir sich sicher nicht so weit angenähert und würde sich jetzt auch nicht so vertraut in meiner unmittelbaren Nähe bewegen.

Trotz meiner sofort wieder hochgefahrenen Pulsfrequenz – der Ausdruck ist sicher medizinisch nicht korrekt – aber ich denke, auch medizinische Experten werden verstehen, was ich damit sagen will, nehme ich mir in diesem Moment vor, das mit dem „ja wohl kaum störenden Schnarchen" meiner Frau bei passender Gelegenheit einmal wieder ganz deutlich zu erklären.

Der Blick auf die Uhr. Es ist 00.20 Uhr. Ich habe fast zwei Stunden selig geschlummert, während sich hinter mir die Sauen angenähert haben.

Oder waren sie gar schon rechts an der Suhle, die ich jetzt bei Mondschein genau einsehen kann und sind gerade wieder eingewechselt?

Dann müsste ich mich aber maßlos ärgern, denn bisher bin ich auf Ansitz noch nie eingeschlafen. Da spielt aber wohl auch der berufliche Stress der vergangenen Tage eine entscheidende Rolle mit.

Doch jetzt offensichtlich gute Aussichten für mich. Die Geräusche bewegen sich nach hinten rechts in Richtung auf die Suhle.

Erst als ich die Ellenbogen auf den unteren Rand der rechten Sichtluke auflege, tanzt das Fernglas nicht mehr vor meinen Augen, aber das Pochen in den Ohren bleibt.

Im hellen Mondlicht kann ich die Suhle deutlich erkennen. Bewegungen sind aber noch nicht auszumachen.

Den sich weiter nach rechts verlagernden Geräuschen nach, scheint es sich um ein einzelnes Stück zu handeln. Es fehlt das „Gewusel" der Rotte. Oder sollte es sich etwa um ein Stück Rotwild handeln. Das habe ich natürlich nicht frei! Es bleibt also die Hoffnung auf ein Stück Schwarzwild. Gar nicht auszudenken, wenn es, für mich erreichbar, zur Suhle wechselte und auch noch in die Schablone des Lüneburger Modells passen würde.

In diese Überlegung hinein schiebt sich von hinten rechts ein dunkler Schatten in mein Blickfeld. Ganz langsam – vertraut hier und da brechend. Eindeutig ein Stück Schwarzwild. Der Puls fliegt.

Ein einzelnes Stück. Deutlich anzusprechen. Ein Keiler!

Allerdings fehlt mir mal wieder die Vergleichsmöglichkeit, um die Größe und damit das Gewicht einschätzen zu können. Doch jetzt kommt mir der Zufall zu Hilfe.

Der Keiler scheuert sich an einer vor längerer Zeit vom Wind gefällten Fichte und als er sich so direkt daneben bewegt ist mir klar, dass er mit Sicherheit die Gewichtsbeschränkung des Lüneburger Modells nicht überschreitet. Die Höhe der liegenden Fichte kenne ich nämlich genau.

Ganz vorsichtig lege ich das Fernglas auf die mit Teppichboden ausgeschlagene Ablage. Es gelingt absolut lautlos.

Jetzt greife ich zum 308-Repetierer und bringe ihn in die Waagerechte, um ihn mit der Mündung nach rechts durch die Luke zu schieben. Dabei passiert es: Die Mündung berührt ganz leicht die rechte Wand des Wagens. Wirklich nur ganz leicht. Außerdem sind auch die Innenwände des Wagens mit Teppichboden ausgeschlagen. Trotzdem erzeugt die Berührung in der absoluten Stille des Waldes einen zwar leisen doch deutlich hörbaren Laut.

Ich erstarre zur Salzsäule, das Gewehr in beiden Händen freischwebend vor mir, völlig bewegungslos.

Aus Richtung Suhle ist kein Laut mehr zu hören!

Hat er sich schon verabschiedet? Nein! Im diffusen, durch überhängende Äste noch abgeschwächten Licht des Mondes ist der Keiler als dunkelgrauer, bewegungsloser Fleck zu erkennen. Bewegungslos! Offenbar hat er etwas mitbekommen.

Ich sitze weiter ohne Bewegung, das Gewehr in Vorhalte in den fest verkrampften Händen. Lange kann ich es so nicht mehr halten. Dann werde ich es absetzen müssen.

Lange Minuten vergehen. Draußen jetzt endlich wieder ein Laut und eine leichte Bewegung. Ruhig setzt er seinen Weg in Richtung Suhle fort.

Meine fast eingeschlafenen Hände lassen vorsichtig den Gewehrkolben auf den Boden sinken. Nur nicht noch einmal patzen. Das hält er mit Sicherheit nicht mehr aus. Die überstrapazierten Muskeln schmerzen. Jetzt tief durchatmen, aber ganz vorsichtig und leise. Danach ein neuer Anlauf.

Endlich liegt das Holz des Vorderschaftes auf dem unteren Lukenrand auf. Ab jetzt beobachte ich durch die Zieloptik.

Der Keiler bewegt sich weiter von mir weg in Richtung Suhle und zeigt mir von hinten die Keulen. An Schießen ist im Moment nicht zu denken. Noch etwa fünf Meter, dann ist er an der Suhle. Jetzt warte ich nur noch darauf, dass er sich querstellt, nur für einen kurzen Moment.

Ganz beruhigt scheint er aber noch nicht zu sein, bleibt stehen und wendet das Haupt nach hinten in meine Richtung. Mein Herz schlägt wie ein Hammer. Sollte zu guter Letzt noch alles „in die Hose" gehen? Ist er so beunruhigt, dass er sich jetzt, wo ich ihn – sinnbildlich – eigentlich schon fast im Rucksack habe, doch noch in den Bestand zurückzieht?

Nach kurzem Zögern zieht er jedoch weiter in Richtung Suhle.

Jetzt verhofft er erneut, wendet das Haupt nach hinten in meine Richtung, dreht aber nun auch den Körper und – äugt in den Feuerball!

Diesmal habe ich ausprobiert, was mir ein älterer, erfahrener Jäger einmal geraten hat und habe im Moment des Abdrückens auch das Zielauge geschlossen. Beim Öffnen der Augen weiß ich sicher, dass ich das nicht noch einmal tun werde.

Ich bin zwar nicht vom Mündungsfeuer geblendet, habe aber auch nicht das Stück – es ist nämlich weg – abspringen sehen. Allerdings höre ich feine Geräusche aus dem Waldstück links neben der Schneise, doch bald verwehen auch diese und absolutes Schweigen senkt sich wieder über den vom fahlen Mondlicht notdürftig erhellten Wald.

Ist das Stück zur Strecke gekommen oder schon so weit weg, dass mich die Geräusche nicht mehr erreichen?

Es hält mich nicht mehr lange auf meinem Sitz. Schon nach wenigen Minuten bin ich am Anschuss und finde auch recht schnell ein ganzes Büschel Schnitthaar. Kurz vor dem linken Waldrand, wo das Stück einen ganz flachen, kaum wasserführenden Graben überflogen hat, finde ich im Licht der Taschenlampe einige kaum wahrnehmbare hingewischte Schweißtropfen auf dem flachen Bewuchs. Einige gut sichtbare größere Schweißtropfen im Wald sind noch leichter zu finden.

Als allerdings nach einigen Metern im Bestand der Boden anfängt an meinen Gummistiefeln zu zerren und versucht sie festzuhalten, schlägt mein Verstand Alarm und besiegt mein Jagdfieber, wohl auch besonders deshalb, weil ich sofort das Negativerlebnis aus meiner Treiberzeit wieder vor Augen habe.

Ich breche ab und kehre zur Holzmühle zurück.

Erster Erfahrungsaustausch. Die anderen haben keine Sauen vorgehabt.

Wilfried begrüßt meinen Entschluss, die sofortige Nachsuche abzubrechen. Er beschließt wegen des schwierigen Geländes, am kommenden Morgen den Hundeführer mit dem Experten, einem Hannoverschen Schweißhund aus dem Nachbarort, herbeizubitten.

Für mich ist es natürlich Ehrensache, bei der Nachsuche dabei zu sein. Meine Frau, die mich morgen früh in meinem Bett vorzufinden erwartet, kann ich aber jetzt wegen der inzwischen schon fortgeschrittenen Nacht nicht mehr anrufen, ohne sie zu erschrecken.

Ich fahre also nach Hause, stelle den Wecker auf 05.00 Uhr und schaffe es, ohne Ellen zu wecken, leise in mein Bett zu kommen.

Völlig gerädert stelle ich am Morgen den Wecker ab. Ellen ist sofort bereit mit ins Revier zu fahren. Ich glaube auch, dass sie befürchtet, ich könne wegen des wenigen nächtlichen Schlafs auf dem Rückweg ins Revier einschlafen.

Rechtzeitig sind wir in der Holzmühle. Heinz und Filippo sind nicht mehr da. Sie mussten aus beruflichen Gründen schon früher abreisen.

Der Hundeführer ist schon eingetroffen.

Wilfried hat kein Glück, als er wortreich versucht uns alle vor der Nachsuche zu einem reichhaltigen Frühstück zu überreden. Wir wollen zuerst die Arbeit hinter uns bringen.

Kurze Zeit später sind wir im Revier. Auch Ellen hat es sich nicht nehmen lassen mit dabei zu sein. Im Innern danke ich ihr dafür.

Ich habe wie immer ein mulmiges Gefühl, wenn es darum geht, ein von mir beschossenes Stück Wild nachzusuchen. Ich kann noch so gut abgekommen sein. Trotzdem quälen mich, erst einmal am Anschuss angekommen, die Zweifel. Ich könnte ja beispielsweise bei der Schussabgabe gemuckt haben oder es könnte sich ein kaum sichtbares Hindernis in der Geschoßbahn befunden haben. Gerade auf diesem Sektor hat man ja schon die unglaublichsten Dinge gehört.

Ich rufe mich zur Ordnung. Der Anschuss, jetzt beim hellen Morgenlicht, hat eindeutig neben den von mir ge-

fundenen Schussspuren zusätzlich noch hellen Lungen-
schweiß gezeigt. Also kein Grund zu Selbstzweifeln. Der
Schuss sitzt im Leben. Nur eine Frage des Geländes und
der Qualität des Hundes, wann wir den Keiler gefunden
haben werden.

Nach eingehender Begutachtung des Anschusses fragt
mich Wilhelm, der Hundeführer, mit welchem Kaliber
ich geschossen habe und wie schwer der Keiler nach meiner Einschätzung ist.

Das von mir geschätzte Gewicht des Keilers quittiert
er mit einem wohlwollenden Kopfneigen, während er die
Nennung des Kalibers 308 Winchester mit einem leichten
Stirnrunzeln bedenkt. Die Stirn glättet sich aber wieder,
als er erfährt, dass die von mir selbst laborierte Patrone
ein 11,7 Gramm TUG – Geschoß trug.

Als er den Schweißhund ansetzt, trägt er quer über
dem Rücken die kurzläufige Nachsuchenbüchse. Ich soll
ihm mit dem zweiten Hund, einem Deutsch Kurzhaar,
den ich an kurzer Leine führe, folgen.

Er nennt diesen Hund den Packer. Mehrfach habe der
ihm schon geholfen, wenn angebleite Sauen ihn angegangen seien. Wahrscheinlich habe er ihm schon einige
Male das Leben gerettet.

Ich bekomme Auftrag, den Hund nur auf sein aus-
drückliches Kommando zu schnallen.

Ellen und der Jagdherr bleiben am Wagen zurück.

Der Schweißhund legt sich sofort in den Riemen
und geht zielstrebig auf der Schweißfährte. Es ist für
mich fast unbegreiflich, wie er jeden Tropfen und jeden

Schweißwischer verweist. Das macht mich ausgesprochen zuversichtlich.

Der Packer reißt mich mit unbändigem Vorwärtsdrang hinter sich her und ich habe Mühe, den unzähligen Moor- und Wassertümpeln auszuweichen. Die Büchse brauchte ich glücklicherweise nicht mitzunehmen. Wilhelm hält nichts davon. Das hat er mich mit einem vielsagenden Lächeln wissen lassen. Natürlich muss er es wissen. Ich denke mir meinen Teil und er spricht nicht über mögliche trübe Erlebnisse und Erfahrungen aus seiner Vergangenheit als Schweißhundeführer.

Die Schweißfährte wird immer kräftiger. Nach ungefähr vierzig Metern bleibt Wilhelm stehen, brummt sich etwas in den Bart, schüttelt den Kopf und sagt zu mir: „Wir müssen nochmal von vorn anfangen."

Ohne weitere Erklärung kehrt er um, geht mit dem Hund an mir vorbei und der Packer und ich trotten – unwissend – hinterher.

Am Anschuss dann der gleiche Ablauf: Schweißhund, lange Schweißleine, Hundeführer, Packer, kurze Leine und ich auf der Schweißfährte.

Am gleichen Punkt wie vorher „fängt der Hund an zu faseln", wie Wilhelm sagt. Bei näherem Hinsehen ist auch kein Schweiß mehr zu finden.

Noch einmal die Prozedur: Schweißhund, lange Leine. Wieder etwa vierzig Meter, wieder bis zum gleichen Punkt.

Ratlos sieht Wilhelm mich an und zuckt mit den Schultern: „Ich weiß nicht mehr weiter. Das Stück kann sich doch nicht in Luft aufgelöst haben!"

Plötzlich steigt in mir eine Ahnung auf und ich brumme: „In Luft nicht, aber!" Dabei sehe ich mich suchend um und betrachte die mit bräunlichem Wasser gefüllten Löcher in nächster Nähe eingehender.

Dann habe ich die Erklärung! Der kleine Tümpel neben mir zeigt spärlichen Bewuchs am Rand. Auch fast aus der Mitte wachsen einige Halme Wollgras hervor, und zwischen diesen Halmen sehe ich – die Steckdose!

Natürlich weiß ich, wie man die flache Nasenplatte eines Wildschweines mit den beiden Löchern darin nennt, doch in diesem ersten Moment sehe ich einfach nur eine Steckdose. Darauf mache ich Wilhelm jetzt aufmerksam.

Im ersten Augenblick schaut er mich fragend an, doch dann begreift er und schlägt mir lachend die Rechte auf die Schulter: „Demnächst nehme ich dich statt des Hundes mit zur Nachsuche!"

Bis heute bin ich nicht sicher, ob das als Kompliment gedacht war!

Ob der Keiler freiwillig in den Tümpel gestiegen ist, um die Verletzung zu kühlen oder ob er verendend hineingerutscht ist, wird wohl niemals beantwortet werden können.

Für mich ist, als wir den Keiler aufgebrochen haben, achtundvierzig Kilogramm bringt er übrigens aufgebrochen auf die Waage, eines sicher: Ich werde mich in allernächster Zeit nach einer Waffe mit anderem Kaliber umsehen; denn dies war schon die vierte Nachsuche auf Schwarzwild, das ich mit „der.308" sauber getroffen habe. Übrigens hat es auch diesmal keinen Ausschuss gegeben.

Das Wildbret hat die paar Stunden im kalten Wasser unbeschadet überstanden und ist ohne Abstriche verwertbar.

Als der Keiler anschließend aufgebrochen in der Holzmühle am Haken hängt, ruft uns der Jagdherr in seiner liebenswürdigsten Art alle zu einem kleinen Frühstück, wie er sagt, hinein. Als ich dann den gedeckten Tisch sehe, gehen mir die Augen über, denn ...!

Aber, na ja sie wissen sicher schon.

Keilermond

Am Mittwoch, als ich mit meiner Frau kurz vor dem Schlafengehen noch einmal auf der Terrasse stehe, sagt sie zu mir, den Blick nach Westen gen Himmel gerichtet: „Guck mal, der ideale Keilermond! Juckt es dir da nicht in den Fingern?"

Sie erstaunt mich immer wieder, hat sie sich doch, obwohl passionierte Nichtjägerin, einen Wortschatz angeeignet, der manchem eingefleischten Nimrod zur Ehre gereicht hätte.

Wenn sie wüsste! Und wie es mir in den Fingern juckt!

„Es muss ja nicht jedes Mal sein", entgegne ich, bewusst abwiegelnd und krampfhaft darauf bedacht, meinen Gemütszustand nicht allzu sehr vor ihr offenzulegen.

Offenbar hat aber wohl doch ein bisschen Wehmut in meiner Stimme mitgeklungen, denn aus den Augenwinkeln bemerke ich, wie sie mich ganz fein von der Seite anlächelt.

Wenn sie mich doch bloß nicht so verflixt gut kennen würde!

Glücklicherweise vertieft sie das Thema nicht.

Noch lange liege ich an diesem Abend wach. Natürlich weiß sie, dass ich wie fast zu jeder Vollmondphase, Wilfrieds telefonische Einladung „in der Tasche" habe.

Was sie allerdings nicht weiß ist, dass ich diesmal sogar einen „Dicken" frei habe. Ein Dicker ist in unserem revierinternen Sprachgebrauch ein reifer Keiler.

In Wilfrieds Tülauer Revier wird seit ungefähr zwei Jahren ein besonders starkes Stück Schwarzwild gefährtet. Ich bin der Einzige, der es bei Bodennebel einmal schemenhaft in Anblick bekommen hat. Ich kann nicht verhehlen, dass ich mich damals erschrocken habe, denn von Nebelschwaden umwabert, habe ich den Keiler, ein solcher war es nämlich eindeutig, bei hellem Mondlicht auf ungefähr 150 Kilogramm geschätzt.

„Mond prahlt und verdoppelt für den Beobachter die Größe eines Stückes", hat Wilfried mir erklärt, als ich nach dem Ansitz atemlos von dem Anblick erzählt habe.

Da im Revier seit drei Jahren kein reifer Keiler mehr gestreckt wurde, hat der Jagdherr diesmal, außer der üblichen Freigabe nach dem Lüneburger Modell, auch einen „Dicken" freigegeben.

Ausgerechnet diesmal! Die Wehmut in meiner Stimme, die meine Frau vorhin mit Sicherheit herausgehört hat, bezog sich auf die Tatsache, dass ich ausgerechnet diesmal dienstlich verhindert sein werde, das Wochenende oder wenigstens einen Teil davon in der Holzmühle in Wilfrieds Revier zu verbringen. Alle „Klimmzüge" haben nichts genützt. Der seit Monaten geplante Einsatz, bei dem ich mir – zugegeben – eine nicht ganz unwichtige Funktion zugedacht habe, ist nicht mehr zu stoppen.

Ich darf von mir reinen Gewissens behaupten, dass ich keinesfalls jagdneidisch bin. Wüsste ich allerdings, was Jagdneid ist, so könnte ich mir vorstellen, dass mein Gemütszustand in dieser Mittwochnacht, zwei Tage vor Vollmond, diesem Gefühl sehr nahekommt.

Sollen doch die anderen den Keiler strecken!

Fast trotzig drehe ich mich auf die Seite und werde fast die ganze Nacht von wütenden Keilern durch glühendheiße Wüstendünen gejagt.

Schweißgebadet gehe ich am Morgen unter die Dusche.

Außer von dienstlicher Routine und Hektik sowie von bohrenden Gedanken, dass das kommende Wochenende jagdlich für mich im Eimer ist, gibt es über Donnerstag, den neunzehnten September, nichts Gravierendes zu berichten. Doch. Ich vermeide es bewusst, vor dem Schlafengehen die Terrasse zu betreten und bin Ellen dankbar, dass sie den Mond nicht erwähnt, als sie allein wieder hereinkommt.

Komischer- und unerwarteterweise schlafe ich in der kommenden Nacht tief und traumlos. Trotzdem weckt mich meine Frau zweimal. Dabei habe ich unterschwellig das Gefühl, dass ihr leises: „Du schnarchst!" einen mitfühlenden Unterton hat.

Dann Freitag der zwanzigste September. Dienstbeginn.
    Wieder zuerst die übliche Routine. Ganz zu Anfang das Studium der über Nacht eingetroffenen Fernschreiben.
    Beim ungefähr fünfzehnten hebe ich nachdenklich den Kopf. Irgendetwas in den bereits überflogenen Fernschreiben lässt mich stutzig werden. Was war es? Etwas besonders Wichtiges scheint mir durchgerutscht zu sein.

Natürlich war ich in Gedanken schon wieder in der Holzmühle und der Fernschreibtext ist offenbar so nebenbei an mir vorbeigerauscht.

So geht es natürlich nicht! Dienst ist Dienst und Jagd ist Jagd!

Noch einmal von vorn. Da, im siebenten Fernschreiben der Satz, der mich im Nachhinein stutzig gemacht hat.

Sofort hänge ich mich an die Strippe und erreiche die absendende Dienststelle außerhalb unseres Bundeslandes.

Die Auskunft ist präzise und beruht auf eindeutigen Erkenntnissen. Sie ist zwar dienstlich absolut unerfreulich, denn sie macht die Planung von Monaten überflüssig. Für den Jäger in mir klingt sie im Moment allerdings wie Schalmeienklang. Gut, ich gebe zu, dass ich noch keine Schalmeien klingen gehört habe. Sie müssen sich aber wie das, was jetzt durch meinen Kopf klingt, anhören: „Das Wochenende ist gerettet das Wochenende ist gerettet …!"

Die paar erforderlichen Anrufe und Gespräche, um den geplanten Einsatz zu stoppen, erledigen wir im Handumdrehen und ich schaffe es sogar, mittags daheim zu sein.

Natürlich habe ich Olivia und Wilfried schon am Vormittag telefonisch von der veränderten Lage in Kenntnis gesetzt und nachgefragt, ob sie mich am Wochenende noch eingeplant haben.

Die Antwort ist in meinem Sinne ausgefallen und so fange ich, kaum zu Hause angekommen, an, die Utensilien für ein Jagdwochenende in der Heide zusammenzutragen. Dabei muss vieles bedacht und darf nichts vergessen werden. Aber ich habe ja schon Übung. In einer Stunde ist alles geschafft.

Als ich mich danach von Ellen verabschiede und routinemäßig sage: „Frag mal nach, ob ich etwas vergessen habe," muss ich bei der zweiten Frage schon feststellen, dass die Gürteltasche mit den Kugel- und Schrotpatronen noch im Waffenschrank liegt.

Dies nachgebessert, stellen wir dann allerdings nichts Vergessenes mehr fest.

Diesmal habe ich es eilig und fahre so weit wie möglich auf der Autobahn. Schon nach gut einer Stunde rollt mein Pkw auf den Hof der Holzmühle.

Olivia und Wilfried sind schon eingetroffen und Filippo kommt runde zehn Minuten später an.

Er hat heute, als besonderes Bonbon, in einem Kühlbehälter aus seiner Eisbar Zitroneneis mitgebracht. Dieses, aufgefüllt mit Sekt, schlürfen wir anschließend zur Begrüßung. Ein Gedicht. Ich kann es nur empfehlen.

Gemeinsam beraten wir nun die Strategie für den gemeinsamen Ansitz. Nach eingehender Diskussion kommen wir überein, weil die Zeit schon recht fortgeschritten ist, das nachmittägliche Kaffeetrinken heute ausfallen zu lassen.

Komisch übrigens, dass alle Welt immer vom Kaffeetrinken spricht, das selbstverständliche Kuchenessen aber niemand erwähnt.

Statt des Kaffeetrinkens wollen wir heute ausnahmsweise früher Abendbrot essen und danach den obligatorischen Rickenansitz in den Ansitz auf Schwarzwild übergehen lassen.

Mein – vielleicht auch zu leiser – Einwurf, das Abendessen doch heute einfach einmal ausfallen zu lassen, wird glatt überhört.

So kommt es dann wie es zu erwarten war: Wilfried hat – obwohl nur mit vier Personen zu rechnen war – mal wieder, wie Olivia es lächelnd auf den Punkt bringt, die Speisung der Fünftausend vorbereitet. Der Tisch scheint sich unter allerlei Leckerem und Deftigem zu biegen.

Dass ich noch zusätzlich die allseits geschätzte Hausmacher Wurst von meinem heimischen Jagdfreund Lutz mitgebracht habe, findet allgemeine Anerkennung.

Dabei weiß ich schon jetzt, dass mir Olivia dreiviertel davon bei meiner Abreise wieder in die Tasche stecken wird, denn bei allem guten Willen und auch auf die Gefahr hin, nicht alles probieren zu können, was Wilfried wärmstens und mit viel Überredungskunst empfiehlt, ist es auf keinen Fall zu schaffen.

Nach dem Essen – ich überlege verzweifelt, ob ich noch in der Lage sein werde einen Hochsitz zu besteigen – dann wieder die Beratung: Wer geht wohin?

Doch heute ausnahmsweise keine lange Diskussion. Olivia will ohnehin ihre Schwester im Dorf besuchen und beteiligt sich deshalb gar nicht daran. Sie schlägt mir allerdings vor, mich auf die Kanzel „Voltau Ecke" zu setzen. Ich habe inzwischen ihren jagdlichen Instinkt schätzen gelernt und willige deshalb sofort ein.

Wilfried will auf „Fuchswinkel – Mitte" und Filippo verspricht sich Waidmannsheil auf „Martins – Eck".

Wir verabreden, gegen 00.00 Uhr abzubaumen und uns gegen 00.30 Uhr in der Holzmühle zu treffen. Das alles für den Fall, dass nichts dazwischen kommt, das heißt, wenn keiner von uns Dreien kurz vor der verabredeten Abbaumzeit etwas schießt oder gerade Wild vor hat, das er nicht vertreten will.

Den Weg zu den einzelnen Kanzeln müssen wir, wegen der weit voneinander entfernten Lage im Revier, jeder mit dem eigenen Pkw zurücklegen.

Die Pkw – Abstellplätze für die einzelnen Ansitze liegen im Revier seit Jahren fest. Von hier noch ungefähr zwei- bis vierhundert Meter Fußmarsch und die Ansitze sind erreicht.

Die Dämmerung ist noch ungefähr eine Stunde entfernt, als ich beginne, mich auf der überdachten, aber sonst offenen Kanzel einzurichten.

Ich habe für jede Kanzel, je nach spezifischer Beschaffenheit, wie Lage und Platzangebot, meine besondere Ordnung, die ich auch immer wieder peinlich genau einhalte.

Nur so ist es nach meinen inzwischen eigenen Erfahrungen sicher möglich, mich in der Dunkelheit zurechtzufinden und zum Beispiel Gewehr, Fernglas oder Taschenlampe sofort und geräuschlos zu ergreifen.

Auf „Voltau Ecke" steht die Bockbüchsflinte vorn rechts in die Ecke gelehnt. Fernglas und Taschenlampe liegen vorn auf der Ablage und der Rucksack liegt vorn links von mir neben dem Drehstuhl auf dem Boden.

Bevor ich mich jedoch niederlasse, blase ich zuerst das Sitzkissen auf und lege es unter den Allerwertesten. Bei langen Ansitzen, auch schon mal bis in die Morgendämmerung, hat es sich bestens bewährt. Nicht nur wegen der Bequemlichkeit, die die Luftpolsterung bietet, sondern auch dadurch, dass das Kissen eventuell vorhandene Feuchtigkeit fernhält. Aus eigenen trüben Erfahrungen weiß ich, dass es kaum etwas Unangenehmeres gibt, als die halbe Nacht über auf der patschnassen Sitzfläche eines Schreibtischdrehstuhls ausharren zu müssen.

Mit dem Einrichten fertig, mache ich mich mit der Umgebung vertraut. Seit ich das letzte Mal hier gesessen habe, hat sich das Laub der Buche, neben der die Kanzel fest auf vier Balken steht und deren Zweige bei mittlerem bis starkem Wind hin und wieder die Sicht nach vorn verdecken, ein wenig mehr in Richtung gelb verfärbt. Nicht dass es schon gelb wäre, eher ist ein bisschen gelb schon zu erahnen.

Ich schaue nach vorn. Die Waldwiese, die sich nach rechts ungefähr 150 Meter und nach links ungefähr 250 Meter erstreckt, hat nach vorn eine Breite von höchstens achtzig Metern. Es handelt sich also vergleichbar um einen Schlauch, der von rechts kommend, genau in Höhe der von mir besetzten Kanzel nach hinten verspringt und sich auch um ungefähr achtzig Meter nach hinten versetzt, wieder nach links fortsetzt.

Die Kanzel, deshalb der Name Voltau Ecke, steht genau an der Waldecke, an der die Waldwiese – Voltau genannt – nach hinten verspringt, um sich dann anschließend nach links fortzusetzen. Parallel dazu verläuft die gegenüberliegende Waldkante. Der Wald drüben gehört allerdings, hinter einem schmalen, nur in feuchten Jahreszeiten wasserführenden Graben, zum Nachbarrevier.

Die Wiesenecke – also die Stelle, an der sich die Wiese hinter mir links nach links fortsetzt – hat natürlich auch gegenüber ein entsprechendes Gegenstück. Ich betone das nur, weil dieses Gegenstück im Verlauf des späten Abends noch eine gewisse Rolle spielen soll.

Die vereinzelten Birken am gegenüberliegenden Grabenrand zeigen im ganzen schon einen gelblichen Ton. Eigentlich noch ein wenig zu früh, aber die vergangenen Nächte sind doch schon recht kühl gewesen. Vereinzelt wurde sogar Bodenfrost gemeldet.

Links, etwa 180 Meter entfernt, tritt von vorn – also aus dem Nachbarrevier – zögernd eine Ricke mit zwei Kitzen aus. Nach kurzem Sicherheitsgebaren, einer Scheinflucht und mehrfachem Scheinäsen, geben sich die drei vertraut und ziehen äsend langsam nach links, immer höchstens zwanzig Meter vom gegenüberliegenden Waldrand entfernt.

Drei starke gesunde Stücke, die schon noch eine Zukunft haben sollten. Außerdem sind sie, nach meinen Ansprüchen, für einen sicheren Schuss mit der .30.06 Springfield nur noch soeben in Reichweite.

Jetzt beginnt sich die Waldwiese nach und nach zu beleben. Fünfzig Meter rechts von mir tritt ein Rehbock von hinten auf die Wiese. Ohne Glas kann ich ihn als gut veranlagten jungen Gabler ansprechen.

Weiter rechts vorn bewegen sich jetzt mehrere Stücke Rehwild im langsam aufziehenden Bodennebel. Mit dem Glas kann ich sie noch sauber ansprechen. Es ist nichts dabei, worüber sich der Jagdherr freuen würde, wenn ich es anschließend in der Holzmühle an den Haken hängte.

Achtzehn Stücke Rehwild zähle ich auf der Waldwiese, genannt Voltau, als die Dämmerung nach und nach anfängt, allen Dingen ihre eigenen Farben zu nehmen und alles, bis auf den milchig weißen Untergrund, in hunderte abgestufte Grautöne taucht.

Das Konzert der Vögel verstummt allmählich. Nur hin und wieder schimpft noch eine Drossel laut auf. Dann Stille. Selbst der bis dahin noch leichte Wind aus Süd – West schläft ganz langsam ein.

Dies ist die Stunde, die ich so unendlich liebe. Der Übergang vom hektischen Tag, der hauptsächlich dem Menschen gehört, in die ruhige, heimlich – stille Nacht, in der es dem Wild noch halbwegs möglich ist, verdrängt von der Zivilisation, sein eigenes Leben zu führen.

In dieser Stunde – weder Tag noch Nacht – fühle ich mich der Schöpfung am nächsten.

Ein inniges Glücksgefühl durchflutet mich, als jetzt in der schon stark fortgeschrittenen Dämmerung der Mond sein erstes bleiches Licht über dem südwestlichen Waldrand ahnen lässt.

Ganz langsam schiebt er sich dann Stück für Stück über die nun wie schwarze Silhouetten wirkenden Fichtenspitzen. Ein Bild wie ein Traum. In solchen Momenten wünsche ich mir malerisch begabt zu sein.

Durch den langsam aufsteigenden Mond wirkt die zurzeit noch im schwarzen Schlagschatten der gegenüberliegenden Fichten liegende Waldwiese wie ein großes langgezogenes dunkles Loch. Nur noch schemenhaft kann ich, wo ich vorher das Rehwild beobachtet habe, dunklere Flecken erkennen, die ich aber optisch nicht zwangsläufig mit Rehwild, ja nicht einmal mit Wild in Verbindung bringen kann. Wäre nicht der Bodennebel, ich glaube ich könnte die Rehe nicht einmal als dunkle Flecke ansprechen. Sie würden mit dem dunklen Untergrund verschmelzen.

Im Moment herrscht absolute Windstille. Trotzdem bewegen sich einzelne Wolken über den Himmel, verdunkeln in großen Abständen auch schon mal den Mond, aber nicht so gravierend, dass es für den Ansitz störend wirkte.

Jedes Geräusch, jedes Rascheln einer Maus im trockenen Unterbewuchs, jede Bewegung im Wald ist weit zu hören.

Direkt vor mir auf der Wiese muss Rehwild äsen. Deutlich kann ich das Rupfen von Pflanzen hören. Zu sehen ist jedoch noch nichts.

Dann, ganz langsam erreichen die ersten Mondfinger den diesseitigen Waldrand. Das gezackte Muster der gegenüberliegenden Waldsilhouette zeichnet sich auf dem Bewuchs der Wiese ab. Unendlich langsam treffen die ersten Strahlen auch das einzelne Stück Rehwild direkt fünf Meter vor mir auf der Waldwiese. Augenblicke später kann ich es als Schmalreh ansprechen.

Der Blick auf die Armbanduhr. Fast genau 22.30 Uhr.

Wenn ich vorsichtig aufstehe und mich ein bisschen verbiege, könnte ich das Stück erlegen. Ein besonders sicherer Schuss würde das allerdings nicht.

Außerdem und das gestehe ich ganz ehrlich, spukt mir natürlich „der Dicke" im Kopf herum. Ich könnte es mir nie verzeihen, wenn ich ihn mit einem Schuss auf das Schmalreh vielleicht vergrämen würde.

Beide Aspekte kombiniert ergeben dann den Entschluss: Nicht schießen! Das Schmalreh hat Glück gehabt.

Für mich ein Grund, mir über den manchmal nur minimalen Raum zwischen Leben und Tod Gedanken zu machen. Welche Macht über Leben und Tod verleiht der Gesetzgeber doch dem Jagdscheininhaber! Dieses Vertrauen gilt es zu rechtfertigen und besonders verantwortungsbewusst mit den Entscheidungsmöglichkeiten umzugehen.

Unter diesem Aspekt betrachtet, bin ich mir im Moment noch nicht ganz sicher, welches Argument bei mir letztlich überwog, den Finger gerade zu lassen. Der unter den gegebenen Umständen vielleicht nicht so ganz sichere Schuss oder die nicht ausschließbare Nähe des Keilers.

Im Nachhinein darf ich mir auf die Schulter klopfen, denn eindeutig komme ich zu der Entscheidung, dass ich das Schmalreh gestreckt hätte, wenn es in **sicher** erreichbarer Entfernung geäst hätte.

Dumpf schallt ein einzelner Glockenschlag der Kirchturmuhr des nahen Dorfes durch die Nacht. Die Armbanduhr zeigt 23.30 Uhr. Bisher weder Laute noch Bewegungen, die auf Sauen hingewiesen hätten. Noch eine halbe Stunde, dann muss ich verabredungsgemäß abbaumen, es sei denn, in der verbleibenden Zeit tut sich noch etwas. Aber das wird heute wohl nichts mehr werden.

Wahrscheinlich haben doch diejenigen recht, die behaupten, dass sich das Schwarzwild bei zu hellem Mond fast ausschließlich in den Beständen bewegt. Schade eigentlich. Bei dem Licht könnte ich jedes Stück zweifelsfrei ansprechen. Aber wahrscheinlich ist der heutige „Keilermond" selbst den Keilern zu hell.

Wie ein Schuss peitscht in diese Überlegung hinein ein scharfes Knacken aus dem gegenüberliegenden Fichtenaltholz zu mir herüber. Sofort sind alle meine Sinne aufs Äußerste gespannt. Es war eindeutig zu laut, um von leichtem Wild herzurühren.

Sofort das Glas an die Augen. Ich leuchte den ganzen Waldrand ab, kann aber außer tiefschwarzem Mondschatten nichts erkennen.

Jetzt schon wieder seit einiger Zeit absolute Stille. Der Bodennebel hat sich nach und nach verzogen. Der Himmel ist wolkenfrei und es ist fast taghell. Deutlich spürbar wird es kälter.

Da, wieder dieses peitschend scharfe Knacken, fast aus der gleichen Richtung. Es muss inzwischen schon nach Mitternacht sein. Wilfried und Filippo sind vermutlich schon auf dem Weg zur Holzmühle, doch das beschäftigt mich im Moment nur am Rande. Das Glas lasse ich diesmal unten. Ich bin sicher, wenn sich etwas auf der Lichtung bewegt, kann ich es auch mit dem bloßen Auge erkennen.

Knack, knack. Jetzt deutlich weiter links, weiter weg als vorher. Hoffentlich zieht das Stück nicht im Bestand, ungesehen von mir nach links davon. Oder sind es gar mehrere? Das glaube ich nicht. Eine Rotte Sauen könnte ich von dem vereinzelten Knacken unterscheiden. Also hoffentlich ein Einzelstück. Rotwild oder Schwarzwild? Das Glas ist wieder oben und streicht unablässig von links nach rechts und wieder zurück am gegenüberliegenden Waldrand entlang.

Dann die Bewegung in der zuvor erwähnten Wiesenecke vorn links. Ein großer schwarzer Schatten schiebt sich im Zeitlupentempo genau in der Wiesenecke, die ziemlich rechtwinklig rechts und links vom Waldrand gesäumt wird, auf die Wiese.

Erklärend muss ich bemerken, dass es sich bei der sogenannten Wiese nur in unserem revierinternen Sprachgebrauch um eine solche handelt. Zwar wurde die Fläche im vergangenen Jahr zur Vermehrung von Grassamen bewirtschaftet, doch schon sind teils höhere grasartige Gewächse, speziell auch in der genannten Wiesenecke, auf dem Vormarsch und haben in vereinzelten, zum Teil auch in größeren zusammenhängenden Flächen, eine Höhe um die fünfzig Zentimeter erreicht.

Genau in eine größere Fläche dieser Art schiebt sich jetzt der schwarze Schatten. Eindeutig ein starkes Stück Schwarzwild!

Die Entfernung beträgt rund 250 Meter. Das Stück ist in dem Bewuchs aber noch nicht richtig anzusprechen. Bache oder Keiler? Ich fiebere dem Moment entgegen, in dem sich das Stück aus dem höheren Bewuchs bewegt und ich es sauber ansprechen kann. Außerdem werde ich dann erkennen können, ob sich noch andere, kleinere Stücke Schwarzwild in der Nähe bewegen.

Unendlich langsam, hin und wieder brechend, zieht das Stück genau auf mich zu.

Noch zweihundert Meter!

Nach wie vor beobachte ich durchs 8x56 Doppelglas. Im hellen Mondlicht hatte ich gerade den Eindruck, hell glänzende Waffen am Gebrech erkannt zu haben. Das kann aber auch eine Täuschung sein – vielleicht auch Wunschdenken!

Noch 180 Meter!

Jetzt der Moment. Das Stück schiebt sich aus dem hohen Bewuchs und zieht weiter auf mich zu. Was ich vorher schon – fast unbewusst – wahrgenommen habe, wird jetzt zur Gewissheit. Eine seltsam schaukelnde Art der Vorwärtsbewegung. Das Stück schwingt eigenartig von links nach rechts hin und her.

Noch 160 Meter!

Immer noch relativ freie Fläche und keine weiteren Sauen zu sehen. Auch keine Frischlinge.

Noch 150 Meter!

Jetzt auch deutlich das Gewaff ansprechbar und dann, das Stück dreht sich immerfort brechend nach links, der Pinsel! Ganz deutlich zu erkennen. Ein starker Keiler also! Über Jagdfieber habe ich mich schon früher ausführlich verbreitet und setze diesmal voraus, dass ich meinen derzeitigen Gemütszustand nicht näher erläutern muss.

Noch 140 Meter!

Weiter dieses seltsam schwingende Schaukeln. Jetzt kann ich es ansprechen. Der Keiler setzt den rechten Vorderlauf nur ganz behutsam auf, offensichtlich um ihn zu schonen. Dann schwingt der ganze Körper zur Seite, um den Lauf zu entlasten. Er muss Schmerzen haben.

In diesem Augenblick ist mein Entschluss gefaßt.

Lautlos gleitet die Bockbüchsflinte in die rechte Schulter. Mit 2 ½ – facher Vergrößerung erfasse ich ihn sofort. Dann stelle ich größer, bis er die ganze Optik ausfüllt. Keine Sekunde zu früh, denn jetzt wendet er sich, immer noch hier und dort brechend, nach links und nähert sich langsam wieder dem Waldrand.

Als das 11,7 Gramm TUG – Geschoß meiner 30.06 fauchend an der Spitze des Feuerballes den Lauf verlässt, registriere ich merkwürdigerweise, wie sich Blätter und

Zweige in noch fast drei Metern Entfernung rechts und links vor der Mündung unter dem Druck der entfesselten Pulvergase schlagartig nach vorn neigen und anschließend sofort wieder senkrecht stellen.

Was ich nicht mehr sehe, ist der Keiler.

Nachdem die Feuerblume in sich zusammengefallen ist, ist die Wiese leer. Wie sehr ich auch mit dem 8x56 alles ableuchte, es ist nichts auszumachen.

Wieder diese Zweifel. Schließlich ist der Anschuss ja nur dreißig bis vierzig Meter vom Waldrand, also von der Reviergrenze, entfernt.

Mit fliegenden Händen raffe ich meine Utensilien zusammen, schultere die Waffe und baume ab.

Trotz meiner Erregung scheine ich noch halbwegs zu funktionieren, denn unten angekommen, beginne ich mir eine ungefähr 1 ½ Meter lange Haselnussgerte zu schneiden. Falls ich, was ich mir inständig wünsche, das Stück wirklich finde, werde ich es nach meiner Schätzung schwerlich allein zum Auto transportieren können. Um es dann, zurück mit dem Pkw, gleich finden zu können, will ich die Gerte in den Boden rammen und zur besseren Erkennbarkeit noch zusätzlich kennzeichnen. Als Nächstes stelle ich das Zielfernrohr wieder auf 2 ½ fache Vergrößerung. Bei einem, hoffentlich nicht erforderlichen, schnellen Fangschuss ist dies wichtig, um das Stück sofort ins Glas zu bekommen. Anschließend denke ich daran, die Waffe nachzuladen. Da ich sichergehen will, lade ich den .30.06 Lauf und vorsichtshalber auch den Schrotlauf mit einer Flintenlaufgeschoßpatrone. Man kann ja nie wissen! Die Taschenlampe stecke ich eigentlich nur zur Vorsicht ein. Es ist ja hell genug.

Mit gemischten Gefühlen stiefele ich dann in Richtung Anschuss.

An der vermuteten Stelle finde ich, nach allerdings nur oberflächlicher Suche, weder Schweiß noch Schnitthaar. Auch sonstige Schusszeichen sind nicht zu entdecken.

Die Bockbüchsflinte griffbereit, bewege ich mich, langsam hin- und hergehend, in Richtung Waldrand, finde aber auch hier nichts.

Trotz der Kälte steht mir inzwischen der blanke Schweiß auf der Stirn. Mist gebaut? Ich bin mir aber keiner Schuld bewusst.

Dann das Geräusch! Hinter mir!

Ich wirbele herum, die Waffe schussbereit.

Da liegt er, drei Meter hinter mir. Hoch das Haupt, bewegt sich schwach, prustet ganz leise und ist gerade dabei, langsam auf die Läufe zu kommen.

Noch in der Drehung peitscht der Schuss. Ein Reflex! Der Rückschlag lässt mich das Ziel nicht aus dem Auge verlieren. Blitzschnell rutscht der Zeigefinger zum hinteren Abzug, doch das Flintenlaufgeschoß kann im Lauf bleiben.

Mit einem Seufzer sinkt das Haupt zur Seite. Ein kurzes Zucken noch, dann Ruhe.

Lange Momente stehe ich einfach so da, unfähig auch nur ein Glied zu rühren. Mein Gott, das hätte aber ins Auge gehen können!

Erst ganz langsam kehre ich in die Wirklichkeit zurück.

Vor mir liegt ein Keiler, so stark wie ich bisher noch keinen gestreckt habe. Ich schätze ihn auf gut einhundert

Kilogramm. Der rechte Vorderlauf ist kurz unterhalb des Knies stark angeschwollen.

Später stellen wir fest, dass es sich um einen ganz schlecht verheilten Bruch handelt. Er muss bei jedem Schritt starke Schmerzen gehabt haben, so unmöglich, wie die Knochen zueinander stehen.

Das Stück allein zu versorgen wäre nur unter größten Anstrengungen möglich, in den Pkw bekäme ich es ohnehin nicht allein.

Also fahre ich zur Holzmühle. Es ist 01.40 Uhr am 21. September, als ich dort eintreffe.

Wilfried und Filippo starren mich fragend und erwartungsvoll an. Die Schüsse haben sie nicht gehört.

Als ich beim Hereinkommen bedeutungsvoll nicke, reißt es sie förmlich von den Stühlen und sie schlagen mir mehrfach erfreut und anerkennend auf die Schultern.

Mit Filippos Geländewagen fahren wir dann anschließend direkt zum Anschuss. Das weiße Papiertaschentuch am Haselnussstock weist uns schon von Weitem den Weg.

Wilfried schätzt meine Jagdbeute auf fünf Jahre. Das Gewicht stellen wir, aufgebrochen, anschließend auf 107 Kilogramm fest.

Schon auf dem Weg zurück zur Holzmühle muss ich ihnen das gesamte Jagderlebnis in allen Einzelheiten schildern, während uns vom sternenklaren Himmel der Keilermond mit seinem fahlen Licht den Weg weist.

Wenn der Wind jagt ...

Menschen, die Jäger sind und schon gejagt haben, wissen, was das Wort Jagdglück bedeutet und beinhaltet.

Menschen, die keine Jäger sind und noch nicht gejagt haben, können es sich zumindest bedingt vorstellen.

Beiden Gruppen dürfte aber eines klar sein: Nur wer Jagdgelegenheit hat, hat auch die Möglichkeit, Jagdglück zu haben.

Mit der Jagdgelegenheit ist das aber oft so eine Sache. Mancher hat auch Jahre nach der bestandenen Jägerprüfung noch nie oder nur ganz selten die Möglichkeit der Jagdausübung gehabt. Oft auch, weil er wie eigentlich zu erwarten, nicht schon vor Beginn der Jägerprüfung eine potenzielle Jagdgelegenheit hatte.

Wer sich ein wenig mit der Jagdgesetzgebung auskennt, weiß, dass frischgebackene Jagdscheininhaber auch noch drei Jahre nach Ablegung der Jägerprüfung, unwichtig welchen Alters sie sind, als „Jungjäger" gelten und in dieser gesamten Zeit, wenn sie denn jagen wollen, auf Einladungen angewiesen sind. Auf diese Art will der Gesetzgeber eindeutig verhindern, dass noch unerfahrene Jagdscheininhaber ein Revier pachten.

Erst wer seinen vierten Jahresjagdschein löst, hat damit automatisch den Jungjägerstatus verloren. Er ist von diesem Zeitpunkt an jagdpachtfähig. Im Klartext heißt das, dass er allein oder mit anderen Jagdpachtfähigen ein Revier pachten darf, wenn er finanziell dazu in der Lage ist.

Wer in den vorausgegangenen drei Jahren allerdings noch keine Jagdgelegenheit hatte und sich somit auch nicht ein Mindestmaß an praktischem jagdlichen Können aneignen konnte, wäre als frischgebackener Pächter arm dran, denn mit dem Jagdschein ist es wie mit dem Führerschein: Er ist nur die Lizenz, die Praxis erwirbt man sich erst nach und nach.

„Learning by doing", wie man so schön auf neudeutsch sagt.

Nun, an Jagdgelegenheiten, ich hatte zuvor Gelegenheit, das im Rahmen einiger Anekdötchen zu schildern, hat es mir von Anfang an nicht gefehlt.

Eher, das muss ich freimütig gestehen, hatte ich in der Vergangenheit manchmal mehrere Einladungen zu gleicher Zeit und musste mich schweren Herzens für eine einzige entscheiden, obwohl ich zu gern alle wahrgenommen hätte. Aber teilen kann man sich ja bekanntlich nicht.

Hinzu kommt, dass ich nacheinander sogenannte Pirschbezirke in verschiedenen Staats- und Klosterforstämtern hatte, die ich allein bejagen durfte.

Der gravierende Unterschied zwischen einem Pirschbezirk in einem Staats- oder Klosterforst und einem gepachteten Revier ist kurz gesagt der, dass man im Pirschbezirk erstens keine Gäste einladen darf und dass einem zweitens das erlegte Wild nicht gehört.

Man kann es zusätzlich zu dem Obolus, den man für die Jagdgelegenheit entrichtet, käuflich erwerben, wenn man es für sich verwenden oder weiter veräußern will. Dafür ist aber der Pirschbezirk auch – jedenfalls zurzeit noch – erschwinglicher als ein Pachtrevier.

Im Laufe meines Jägerlebens hatte ich nacheinander Pirschbezirke im Deister und in den Bückebergen. Danach durfte ich einen solchen allein im Harz bejagen. Nur durch einen besonders glücklichen Umstand habe ich diesen begehrten Bezirk erhalten.

Es handelt sich um einen Pirschbezirk, in einem wunderschön zwischen der Innerste- und der Granetalsperre gelegenen Harzrandrevier, einige Kilometer von Goslar entfernt.

Er liegt in einem der landschaftlich schönsten Teile des Reviers. Ein Stück des Bezirkes trägt den Namen „das Goldene Eck". Ich denke, dass dazu keine näheren Erläuterungen erforderlich sind.

Zu dem zuständigen Revierförster, er betreut das Revier bereits seit über zwanzig Jahren, habe ich einen besonders guten Draht. Damit will ich zum Ausdruck bringen, dass wir uns auf der Basis absoluter Korrektheit, menschlich prächtig verstehen.

Aus meiner Sicht darf ich unser Verhältnis zueinander im besten Sinne als freundschaftlich beschreiben, obwohl wir, übrigens fast gleichaltrig, zu diesem Zeitpunkt noch – und das schon seit rund zwei Jahren – immer noch beim „Sie" sind. Ich denke aber, dass das unserer guten Beziehung zueinander eher genützt als geschadet hat.

Auch die Familie „meines" Försters – Frau und Tochter – habe ich zwischenzeitlich gut kennengelernt. Schon mehrfach waren meine Frau und ich zum Kaffeetrinken ihre Gäste.

Resümierend kann ich feststellen, dass sich unser Verhältnis zueinander recht familiär gestaltet.

Seitdem ich in dem Revier zwischen den beiden Talsperren mitjagen darf, werde ich zu den Hubertusjagden eingeladen.

So auch in diesem Jahr.

Um 05.30 Uhr haben wir uns an der Försterei getroffen. Knapp über zwanzig Personen sind wir auch diesmal wieder.

In vergangenen Jägerjahren und bei zahlreichen anderen Treib- und Drückjagden in anderen Revieren und bei anderen Jagdherren, ist – sicherlich nicht nur mir – immer wieder aufgefallen, dass sich unter den eingeladenen Waidgesellen/innen meistens mindestens einer befand, der das große Wort führte, seine besonderen Jagdfertigkeiten und -kenntnisse „gebührend" herauszustellen wusste und auch fast immer das Foto des „Jahrhunderthirsches" den er gerade in Pol/ungarn gestreckt hatte, beim Schüsseltreiben herumreichte.

Nicht so in dieser Runde!

Der Förster hat in der Auswahl seiner Jagdgäste eine besonders glückliche Hand bewiesen.

Da sind beispielsweise die ehemaligen Forststudenten, die hier im Revier ihr Praktikum abgeleistet haben und seitdem regelmäßig zur Hubertusjagd eingeladen werden. Einige von ihnen sind inzwischen Revierförster in eigenen Revieren. Zum Teil sind sie auch in anderen Dienststellen beschäftigt, wie zum Beispiel das junge Försterpaar Susanne und Rainer im zuständigen Forstplanungsamt.

Da sind ehemalige Pirschbezirkinhaber, genauso wie die drei aktuellen Pirschbezirkinhaber, von denen auch ich einer bin. Da ist zum Beispiel auch Torsten, der

Chemiestudent, der aus diesem Harzörtchen stammt, weit entfernt studiert und zur Hubertusjagd regelmäßig mit seinem schon etwas betagten R4 anreist. Natürlich verbindet er das Ganze mit einem Besuch seiner Eltern vor Ort.

Ich fühle mich jedes Mal wieder richtig wohl in der Runde dieser ganz normalen Menschen.

Auch diesmal begrüßt „unser Förster" die Jagdgäste auf dem Rasen vor der Försterei und erläutert noch einmal den geplanten Ablauf der heutigen Jagd. Im Gegensatz zur schriftlichen Einladung sind Rotschmalspießer heute nicht mehr frei, da das Abschusssoll zwischenzeitlich erfüllt ist.

Nach dem nochmaligen Hinweis auf unbedingt einzuhaltende Sicherheitsrichtlinien, ordnet er jeden Jagdgast einer Ansitzeinrichtung – Leiter oder Kanzel – zu und legt auch gleich unmissverständlich die Transportarten und -wege dahin fest.

Ich bin auf den „Eifelturm" eingeteilt, eine recht hohe Kanzel in meinem Pirschbezirk. Ein junger Förster wird mich und einen anderen Jäger, einen Mediziner, der auch regelmäßig zu den Hubertusjagden eingeladen wird, mitnehmen und uns beide in der Nähe der uns zugeteilten Ansitzeinrichtung absetzen, bevor er selbst zu seinem Ansitz fährt.

Abschließend bedauert der Förster den stürmischen Wind, wünscht uns trotzdem Waidmannsheil und wir starten.

Nach dem Aussteigen lege ich den ungefähr zweihundert Meter langen Weg zum „Eifelturm" zu Fuß zurück. Als ich um die Waldecke biege, reißt mich der Sturm fast von den Beinen. Dabei bin ich, bei einer Größe von fast 190 Zentimetern, wahrhaftig kein Leichtgewicht!

Mir geht die alte Jägerweisheit durch den Kopf: Wenn der Wind jagt, soll der Jäger nicht jagen! Viele meinen, eine gesicherte Jagdregel. Hoffentlich können wir sie heute ad absurdum führen.

Auf der Kanzel habe ich auf der Hauptwindseite schon vor Monaten eine Holzplatte angeschraubt, um mich ein wenig vor dem an dieser Stelle fast immer rauen Wind zu schützen, der selbst bei relativer Windstille über die Schneise fegt. Doch heute nützt auch das nichts.

Die Kanzel, auf der Schnittstelle von drei Schneisen, überragt die meisten der sie umgebenden Fichten und ist voll dem Sturm ausgesetzt. So sehr ich mich auch in die Ecke kauere – ich habe ihn überall aus erster Hand! So bin ich im tiefsten Innern froh, als die angesagte Abbaumzeit – 09.00 Uhr – gekommen ist. Vorgehabt habe ich natürlich nichts.

Wenn der Wind jagt!

Durchgefroren, die Lufttemperatur liegt nur wenige Grade über dem Nullpunkt, erreichen wir die Försterei.

Bei einem deftigen Frühstück mit harter Mettwurst, Schmalz, Sülze und Käse sowie heißem Kaffee und Tee, geht es uns allen anschließend wieder ein wenig besser. Schon fliegen Scherze hin und her und die Lebensgeister beginnen wieder aufzutauen.

Natürlich unterstützen wir Frau und Tochter des Försters gemeinsam beim Abräumen.

Anschließend wieder die Zuteilung neuer Ansitzplätze. Die Anrührjagd soll pünktlich um 11.00 Uhr beginnen.

Ich bin der Gruppe von Susanne, der jungen Forstbeamtin, zugeteilt. Sie wird mich zu einer Ansitzleiter im Sülteberg führen, einem separaten Teil des Reviers, den wir heute, außer zu der jetzt anstehenden Anrührjagd, nicht betreten werden. Als Rainer sie wegen der ihr übertragenen Gruppenführerfunktion als Leitbache bezeichnet, knufft sie ihn im Vorbeigehen.

Auf meiner Leiter angekommen, richte ich mich häuslich ein. Besonders wichtig und angenehm erweist sich die Decke, die ich schnellstens um die Knie wickele, denn auch hier pfeift der Sturm gewaltig und versucht mich von der Leiter zu schubsen. Standhaft kann ich mich dagegen wehren.

Als wir uns gegen 13.00 Uhr am verabredeten Punkt treffen, stellt sich im Gespräch heraus, dass kaum jemand Wild vorgehabt hat. Auch die, teils mit Hunden, durchdrückenden Jäger haben nach ihrem Bericht nichts erkennbar hochgebracht. Übrigens war sich unser Förster bisher in keinem Jahr zu schade selbst mit durchzudrücken!

Das anschließende Mittagessen sieht uns alle recht einsilbig.

Zwar ist der Erbseneintopf mit Würstchen, wie immer von der Hausherrin zubereitet, mal wieder besonders gelungen, doch uns beschäftigt der anschließende Ansitz.

Wird es weiter so stürmen? Hat dann der Abendansitz überhaupt noch einen Sinn?

Nach dem Essen wird mir erklärt, dass ich in diesem Jahr „ausgeguckt" sei, etwas zu der heute stattfindenden Jagd im Jagdgästebuch zu verewigen. Natürlich bin ich völlig überrascht und somit auch unvorbereitet. Deshalb greife ich spontan einen Tipp der Anwesenden auf, die uns alle stark beschäftigende Wetterpleite des heutigen Tages im Buch festzuhalten und schreibe: „Wenn der Wind jagt, soll der Jäger nicht jagen!"

Dabei passiert mir noch ein Lapsus, denn ich schreibe „jagt" hinten mit einem „d". Natürlich fällt es mir sofort auf und ich berichtige „d" in „t". Trotzdem wird es künftig allen, die das Buch je durchblättern, auffallen. Peinlich! Aber nun nicht mehr zu ändern.

Anschließend lässt der Förster nach dem guten Essen – er kennt schon seine Pappenheimer – gar nicht erst auch nur die geringste Trägheit aufkommen und nimmt sofort die Neuzuteilung der Ansitze vor. Die Planung ist mustergültig, jedes Detail wurde bedacht.

Für mich hat er die „Sedanleiter" vorgesehen. Sie befindet sich ebenfalls in meinem Pirschbezirk am Rande des sogenannten Sedanplatzes.

Es handelt sich dabei um ein relativ lichtes, hauptsächlich mit älteren Buchen bewachsenes Waldstück, das von allen vier Seiten von Fichten – teils von Altholz, teils von jüngerem Bestand – umsäumt wird. Daran entlang führt auf einer Seite ein befahrbarer Forstwirtschaftsweg, auf dem sich heute einige der Mitjäger mit den Fahrzeugen zu ihren Ansitzen bewegen werden.

Hier soll auch nach dem Ansitz, so gegen 18.00 Uhr, Treffpunkt sein und Strecke gelegt werden. Hoffentlich! Im Moment sieht es allerdings noch nicht nach einer großen Strecke aus, denn der Sturm hat nur wenig an Intensität verloren.

Von meiner Leiter aus blicke ich auf einen, von mir weg-
führenden, grabenartigen tiefen Einschnitt zwischen
einem Fichtenaltholz vorn links und einem jüngeren
Fichtenbestand vorn rechts. Links neben mir erstreckt
sich ein lichtes Fichtenaltholz, während sich rechts, ungefähr einen Hektar groß und fast quadratisch, besagter
Sedanplatz befindet.

Erwähnen will ich noch, dass links hinter mir, auf
der Grenze zwischen dem Fichtenaltholz und dem Sedanplatz, einige hohe Ebereschen wachsen, die zurzeit
gerade ihr schön gefingertes Laub abwerfen.

Ich spreche das deshalb an, weil mir der Förster noch
vor ein paar Tagen erklärt hat, dass nach seinen Erfahrungen Rotwild besonders gern eben dieses Laub äst. Na
ja, aber doch wohl nicht bei diesem Sturm.

Vor mir in dem trockenen, teils mit Himbeeren und
Farn bewachsenen grabenartigen Einschnitt, ist es mir
in diesem Jahr gelungen, zwei brave Rehböcke zu strecken. Der zweite war zwar noch ein bisschen jung, aber
der Förster hat mir nicht, wie seine Frau es lächelnd um-
schrieb „den Kopf abgerissen".

Durch das Pfeifen des Windes jetzt ein anderes Geräusch.
In der Buche neben mir jagen sich zwei Eichhörnchen
mit keckerndem Lachen. Wie Spiralfedern jagen sie sich
den Stamm hinauf und herunter. Sie beschäftigen mich
eine ganze Weile.

Plötzlich aus dem Augenwinkel eine rote Bewegung.
Mein Kopf ruckt in die Richtung. Ein prächtiger Fuchs
im Winterbalg schnürt von mir aus gesehen nach vorn
im Graben entlang. Sofort der Griff zur Bockbüchsflinte.
Die Entfernung reicht noch für einen Schrotschuss. Doch

meine Bewegungen sind in dem Bemühen, möglichst kein Geräusch zu verursachen, zu langsam. Zu schnell für mich ist er in den Farnen verschwunden, taucht wenig später an anderer Stelle noch einmal schemenhaft auf und bleibt dann unsichtbar.

Ganz minimal hat der Sturm nachgelassen.

Jetzt, es ist inzwischen 16.45 Uhr, ein Büchsenschuss. Gar nicht weit entfernt. Hubertus sei Dank, wahrscheinlich doch etwas auf der Strecke.

Fast genau fünf Minuten später ein weiterer Büchsenschuss. Diesmal aus einer anderen Richtung.

Langsam werde ich munter. Sollte sich heute, trotz des Sturms, doch noch etwas ergeben?

Es ist 17.00 Uhr, und es fängt langsam an zu dämmern. Jetzt in kurzer Folge hintereinander zuerst ein Schrotschuss – das dumpfere Plopp lässt das eindeutig erkennen – dann der peitschende Schlag eines Büchsenschusses aus unterschiedlichen Richtungen.

Ich addiere. Bisher drei Büchsenschüsse und ein Schrotschuss und offensichtlich in unserem Revier abgegeben. Da scheint uns doch noch ein kurzweiliges abendliches Schüsseltreiben ins Haus zu stehen, denn selbstverständlich werden in unserer Runde Jagderlebnisse des Tages umgehend in allen Einzelheiten berichtet.

Es ist 17.10 Uhr und schon stark dämmerig. So wie es zurzeit aussieht, werde ich wohl nicht in die Reihe der Erzähler von Jagderlebnissen des Tages eingreifen können.

Aber na ja, wenn der Wind jagt!

Ein fast verwehender angedeuteter Laut hinter mir. Vielleicht auch kein richtiger Laut. Vielleicht nur etwas, das neu ist. Etwas, das nicht in die bisherige Symphonie des pfeifenden Windes mit den rauschenden Blättern und knackenden Zweigen passt. Etwas, das mich meine bisherigen Gedanken beiseiteschieben lässt. Etwas, das mich veranlasst den Oberkörper ganz langsam nach hinten zu wenden.

Was ich dann aus den Augenwinkeln, vorbei am Stamm der Buche – in der sich mein Sitz befindet – sehe, lässt meinen Atem stocken.

Genau an der Grenze zwischen dem lichten Fichtenaltholz und dem noch lichteren Sedanplatz. Etwas großes Dunkles.

Kein Rehwild. Auch kein Schwarzwild – größer!

Es ist schwierig, die Drehung nach hinten mit dem angeschlagenen Fernglas zu vollziehen, doch irgendwie klappt es dann doch. Ich schlage das 8x56 am Baumstamm an und wieder bleibt mir die Luft weg, denn in dem Revier, in dem seit einigen Jahren kein Rothirsch mehr zur Strecke gekommen ist, steht runde vierzig Meter hinter mir ein III b – Hirsch, ein gerader Sechser und einen III b habe ich frei!

Er steht direkt an dem vom Sturm in einer windgeschützten Ecke zusammengefegten Eschenlaub. Mein Förster hatte mir also einen guten Tipp gegeben.

Aber der Hirsch äst nicht. Er sichert. Er äugt in die Richtung, aus der ich in wenigen Minuten zwei Fahrzeuge meiner Mitjäger der heutigen Hubertusjagd erwarten muss.

„Treffpunkt Sedanplatz!"

Jetzt höre ich auch leise, was der Hirsch vermutlich schon seit geraumer Zeit vernimmt: Weit entferntes Motorengeräusch.

Der Hirsch zeigt mir, der ich inzwischen auf der Sitzbank kniend nach hinten rechts nach der Waffe greife, seine linke Flanke.

Es ist ziemlich genau 17.3o Uhr und fast dunkel.

Jetzt fängt er langsam an sich umzuwenden, zeigt mir seine rechte Seite und trifft Anstalten, langsam und bedächtig wieder in das Altholz einzuwechseln.

Das plötzliche Licht des ersten Autoscheinwerfers, das zwar noch weit entfernt, aber doch schon deutlich sichtbar um die Wegbiegung fingert und mein Mündungsfeuer, nehme ich durch Millisekunden voneinander getrennt in derselben Reihenfolge wie eben aufgezählt, wahr. Der Knall der .30.06 erreicht mich nicht. Ich nehme ihn nicht bewusst wahr, denn im Moment des Abdrückens, des kaum spürbaren Streichens des rechten Zeigefingers über den Stecher, beschäftigt mich brennend ein ganz anderes Problem: Der Hirsch hat sich beim Abdrücken nach vorn geworfen und verschwindet hoch flüchtig im Altholz, ohne erkennbare Schusseinwirkung zu zeigen.

Im Folgenden beschäftigt mich vordringlich die Frage, ist er geflüchtet, bevor das Geschoß den Lauf verließ, infolge der auftauchenden Autoscheinwerfer oder hat das Geschoß sein Ziel erreicht und hat er deshalb die Flucht in das Altholz so blitzartig vollzogen?

Inzwischen sind drei Pkw heran. Menschen, ohne Fernglas mehr zu erahnen als zu sehen, steigen aus und Gesprächsfetzen wehen vom Weg zu mir herüber. Der Wind ist plötzlich fast ganz eingeschlafen. Ausgerechnet jetzt!

Mich hält es nicht mehr auf meiner Leiter. Mehr stolpernd als gehend setze ich mich, ohne die Taschenlampe zu benutzen, in Richtung auf die sich vergrößernde Jägeransammlung in Bewegung. Dabei mache ich einen kleinen Bogen um den vermeintlichen Anschuss.

Alles redet durcheinander. Erst nach und nach mache ich mir ein Bild der Geschehnisse, die mir, der ich etwas später zum Treffort kam, jetzt in Kurzform mitgeteilt werden.

Susanne, die junge Forstbeamtin hat ein Schmaltier gestreckt. „Waidmannsheil". Sie bedankt sich. Torsten hat ein Schmalreh geschossen. Auch er strahlt ob des jagdlichen Erfolges und freut sich über mein „Waidmannsheil".

Der Mediziner aus Peine ist gut auf ein einzelnes Alttier abgekommen. Es lag jedoch nicht am Anschuss, also ist eine Nachsuche fällig. Mit dem Schrotschuss, den ich auch als solchen erkannt habe, ist ein Fuchsrüde zur Strecke gekommen.

Alle sehen mich an. „Haben sie etwas gesehen?"

Im ersten Moment bin ich sprachlos, doch dann begreife ich. Alle außer mir haben zum Zeitpunkt meines Schusses in den Fahrzeugen gesessen, auf dem Wege zum Sedanplatz. Die Motorengeräusche haben meinen Schuss verschluckt.

„Ich habe auf einen Hirsch geschossen!" – Totenstille. Alle schauen mich an. Unser Förster begreift als erster die Feinheiten. „**Auf** einen Hirsch?" Ich nicke und erläutere in kurzen Worten die näheren Umstände.

„Na ja, dann werden wir ihn mit Sicherheit nach kurzer Nachsuche finden. Sie schießen auf solche Entfernung nicht vorbei."

Sein Wort in St. Hubertus Ohren. Ich hoffe inbrünstig, dass er recht hat.

Sofort gibt er klar und präzise seine Anweisungen.

Der größte Teil unserer kleinen Jagdgesellschaft fährt zur Försterei und verbleibt dort.

Wir, der Arzt, zwei junge Forstbeamte und ich bleiben am Sedanplatz, bis unser Förster mit seinem Pkw den Wildtransportanhänger von der Försterei geholt hat.

Als erstes wird dann das Schmalreh geborgen.

Jetzt die Suche nach dem Alttier. Oh, meine Nerven – zuerst der Hirsch wäre mir lieber gewesen.

Unwegsames Gelände. Am Anschuss findet Echse, die Kurzhaarhündin unseres Försters Schweiß und Schnitthaar. Er nickt zufrieden.

Dann der Hund am langen Schweißriemen. In gebührendem Abstand wir anderen hinter dem Gespann. Trotz eingeschalteter Lampen falle ich zweimal, als die Zweige von umgestürzten Fichten nach mir greifen, mich festhalten wollen.

Manchmal das Gefühl, der Wald wolle uns dabehalten, als sei er über das Eindringen der Menschen in seinen nächtlichen Frieden erzürnt.

Dann das Jagdhornsignal. Dazu das Heulen des Hundes. Über allem ein inzwischen sternklarer Himmel. Gänsehaut. Herz was willst du mehr!

Was willst du mehr? Natürlich „meinen" Hirsch nachsuchen und hoffentlich auch finden!

Aber jetzt erst einmal versorgen und bergen. Gemeinsame harte Arbeit durch das unwegsame Gelände bis zum Anhänger. Endlich ist es geschafft.

Dann zurück zum Sedanplatz.

Die Luft ist inzwischen schneidend kalt geworden. Aber offensichtlich geht es den anderen wie mir, wir spüren die Kälte nicht. Uns ist im Gegenteil heiß.

Ruhig und bedächtig bewegt sich der Förster – noch ohne Hund – hinter mir her zum Anschuss und lässt sich alles genau zeigen und die näheren Umstände noch einmal schildern. Dann sucht er genau so bedächtig mit der Taschenlampe den Waldboden ab. Sicher hat er wesentlich geübtere Augen als ich, doch die finden auch nichts. Mir wird noch heißer. Bedenklich wiegt er den Kopf, was auch immer das heißen mag, sagt aber keinen Ton. Noch einmal lege ich mit der Temperatur zu und habe das Gefühl, gleich überzukochen.

Jetzt geht er langsam und bedächtig zurück zum Auto und kommt ebenso langsam und bedächtig mit dem Hund zurück.

Ich platze gleich. Kann er nicht etwas schneller machen? Doch im Innern leiste ich für meine Gedanken schon Abbitte. Natürlich weiß ich, dass übertriebene Eile hier nur schädlich sein kann.

In der Nähe des Anschusses angekommen, lässt er den Hund an der langen Leine suchen und bedeutet mir, vorerst am Anschuss zu verbleiben.

Sehr zielgerichtet und mit deutlicher Passion bewegt sich der Hund auf der Fährte. Ich höre beide sich langsam entfernen und stehe jetzt allein, gespannt wie eine Geigensaite. Es ist unmöglich, meine derzeitigen Gefühle zu schildern. Diese Situation muss man einfach selbst erlebt haben.

Die jungen Forstbeamten und der Mediziner sind auf dem Weg zurückgeblieben.

Plötzlich absolute Stille. Kein Wind mehr, kein Rascheln. Selbst von Herr und Hund ist kein Laut mehr zu hören.

Dann das Signal „Hirsch tot". Dazu das passende, wenn auch etwas unmelodischere Heulen des Hundes. Diese Gänsehaut vergesse ich mein Lebtag nicht!

Nichts hält mich mehr an meinem Platz. Mit der Lampe in der Hand stürze ich vorwärts, und dann liegt er vor mir, mit einem ganz sauberen Schuss: Mein erster Hirsch.

Noch etwa vierzig Meter ist er geflüchtet.

Letzter Bissen, versorgen und Transport erlebe ich wie in Trance.

Erst als auf dem Rasen vor der Försterei Strecke gelegt wird und „mein" Förster mir den Bruch überreicht, fange ich ganz langsam an zu begreifen. Ganz langsam kommt jetzt auch die Freude über den jagdlichen Erfolg in mir hoch.

Das meinte ich, als ich zu Beginn dieser Geschichte das Wort Jagdglück nannte.

Es handelt sich nach meiner Auffassung nicht einzig um das Glück, ein Stück Wild erbeutet zu haben, sondern um die Summe aller Empfindungen, die einen Jäger in einem solchen – wie eben von mir geschilderten – Moment überschwemmen.

Im Gegensatz zu der von mir am Anfang der Geschichte aufgestellten These, dass auch Nichtjäger sich dieses Glück zumindest bedingt vorstellen können, bin ich nach dem Aufschreiben und nochmaligen Erleben des Ereignisses zu einer anderen Auffassung gelangt.

Niemand, der etwas Derartiges nicht schon direkt erlebt hat, kann das Jagdglück, wie ich es verstehe, empfinden oder gar beschreiben.

Seit der Erlegung meines ersten Hirsches bei stürmischem Wetter bin ich übrigens etwas vorsichtiger geworden mit der Handhabung von vermeintlichen Weisheiten wie: „Wenn der Wind jagt, soll der Jäger nicht jagen".

Nachdem ich, durch das Aufzeichnen des Erlebnisses, noch einmal alles erlebt habe, beschäftigt mich außerdem innerlich ein Problem wieder sehr stark:

Wie kann ich ein in ein „t" verbessertes „d" derart bearbeiten, dass man die Korrektur nicht mehr erkennen kann?
   Ein anderes Problem gilt es allerdings vordringlich zu bewältigen:
   Wie kann ich mich unbeobachtet mit dem besagten Gästebuch beschäftigen?

Von Rehen, Raps und Unterwäsche

Der zehnte Juni. Ein schwülwarmer Tag. Die Luft steht, ist bleiern, fast zum Schneiden.

Selbst das Summen der Bienen über dem gelben Rapsmeer unter mir wirkt träge, lustlos und fast so, als sei ihnen bei diesen Temperaturen die Arbeit des Honigsammelns zu viel.

Ich sitze auf dem „Doppeldecker", jenem Gebilde in unserem Heiderevier, das diesen Namen trägt, weil es zwei Personen **übereinander** Ansitzmöglichkeit bietet und zwar dergestalt, dass es einen Freisitz auf halber Höhe und eine geschlossene Kanzel oben beherbergt.

Das reinigende Gewitter mit dem lange überfälligen Regen kündigt sich schon seit einiger Zeit durch die typischen hohen Gewitterwolken an, die wie düster-drohende Türme senkrecht in den Himmel hineinwachsen.

Vor gut einer halben Stunde habe ich deshalb vorsichtshalber den luftigen Freisitz mit der überdachten Kanzel vertauscht.

Eigentlich unnötig, da ich bei Gewitter ohnehin schnellstens das sichere Auto aufsuchen werde, denn es schützt nicht nur vor Regengüssen, sondern wirkt als Faradayscher Käfig auch gegen Blitzschläge.

Einen entscheidenden Vorteil bietet diese höhere Warte allerdings, ich kann wesentlich weiter beobachten.

Es ist beste Abendansitzzeit, aber der Bock, auf den ich warte, der sich schon seit Wochen vorn unter mir in dem Rapsschlag aufhält und dem auch heute wieder meine ganze Aufmerksamkeit gilt, hat sich bisher wieder einmal nicht gezeigt.

Jetzt ein Laut. Ich zucke zusammen.

Sekundenbruchteile später kann ich ihn jedoch zuordnen. Auf dem Kanzeldach ist ein Vogel eingefallen. Jetzt beginnt er hin und her zu trippeln. Den schwachen Geräuschen nach wird es wohl eine der Blaumeisen sein, die sich sonst, meistens laut schimpfend, in dem kleinen Mischgehölz hinter mir tummeln. Auch von ihnen ist heute kaum etwas zu hören. Die Schwüle scheint sie vorübergehend stumm gemacht zu haben.

Die Luft flimmert. Es ist noch drückender geworden. Trotz weit geöffneter Sichtluken ist es auf der Kanzel kaum auszuhalten. Der Schweiß läuft mir in Bächen unter dem Hemd am Körper herunter und zeichnet auf dem sonst einfarbigen Grün bizarre dunklere Muster. Ich spiele mit dem Gedanken, das Hemd auszuziehen, doch der Gedanke an die trotz der Schwüle recht aktiven Mücken lässt mich schnell davon Abstand nehmen.

Vorsichtig öffne ich jetzt die Kanzeltür, doch auch das bringt keine Abkühlung.

Der Himmel ist inzwischen fast völlig mit dunklen Wolken zugezogen. In der Ferne jetzt ein schwaches, aber doch deutlich drohendes dumpfes, auf- und abschwellendes Grollen.

Na, soll das heute etwa wieder nichts werden?

Soll mein Mitstreiter Walter recht behalten, der, die Pfeife dabei genüsslich anzündend, noch heute Morgen unkte: „Bei dem Wetter wird das heute doch nichts. Ich bleibe daheim und kümmere mich um Haus und Garten!"

Wenn ich ehrlich bin, hätte mir das eigentlich auch einmal wieder ganz gut zu Gesicht gestanden. Doch schnell ist dieser leichte Anflug von schlechtem Gewissen verflogen. Er endet mit dem Vorsatz, meiner Frau bei allernächster Gelegenheit einmal einen Strauß Blumen mitzubringen, wenn sie nicht damit rechnet.

Mein Blick schweift über die Ausrüstung und erfasst die in der Ecke lehnende Bockbüchsflinte. Sie ist inzwischen die Waffe, mit der ich fast nur noch zum Ansitz gehe und die in der Kaliberkombination .30.06 Springfield und 12/70 die idealen Voraussetzungen für unser Heiderevier bietet. Auf der Ablage steht griffbereit hochkant das 8x56 Fernglas. Den Rucksack unter dem Sitz sehe ich nur teilweise.

Gleichzeitig beschäftigen sich meine Gedanken damit, wie schnell ich notfalls alles geordnet zusammenraffen kann, um noch vor eventuellen Sturzbächen das schützende Auto zu erreichen.

Ach ja, das aufgeblasene Sitzkissen unter dem Allerwertesten muss auch mit.

Leise und vorsichtig beginne ich, den Stöpsel aus dem Ventil zu ziehen und die Luft aus dem Kissen zu drücken.

Wieder dieses entfernt dumpfe Grollen, jetzt aber schon deutlich lauter.

Das zusammengerollte Kissen ist bereits im Rucksack verstaut.

Vor dem Gewitter muss ich wirklich unbedingt den richtigen Absprung finden, denn ich will übers Wochenende „draußen" bleiben, habe aber versehentlich – meine Frau war beim Packen ausnahmsweise einmal nicht dabei –

keine Zweithose mitgenommen. Eine durchnässte Hose würde mich also für Stunden an mein Domizil binden. So käme ich erst viel später dazu, das ausgezeichnete Mettwurstbrot in der Dorfgaststätte bei Helmut zu genießen.

Auch das Fernglas ist jetzt im Rucksack unter dem Sitz verstaut.

Ich hebe den Kopf wieder in Normalhöhe und lasse den Blick automatisch von links nach rechts nacheinander durch die Luken schweifen.

Dann vorn rechts die Bewegung im Raps. Ein roter Fleck.

Im ersten Moment erstarre ich, doch sofort ist das Fernglas wieder draußen.

Die junge Ricke kann ich gleich ansprechen, die beiden Kitze durch die Bewegungen der Rapsstengel mehr erahnen.

Die drei kenne ich gut. Schon mehrfach habe ich mich an der netten Familienidylle erfreut.

Auch diesmal bereitet mir ihr Anblick Freude und ich kann den Blick kaum von ihnen abwenden.

Ein heller Blitz. Fast gleichzeitig der krachende Donner. Das Gewitter ist jetzt sehr nahe. Es wird Zeit für mich abzubaumen.

Routinemäßig schweift der Blick zum Abschluss noch einmal in die Runde, um nur nichts zu versäumen.

Da plötzlich eine andere Bewegung. Aus dem Augenwinkel erfasse ich im jetzt schon langsam wogenden gelben Rapsmeer einen weiteren leuchtend roten Fleck, direkt vor mir.

Auf nur achtzig Meter Entfernung kann ich den lang erwarteten Bock deutlich ansprechen.

Ein zweijähriger schwacher Spießer. Wie gut ich ihn kenne! Die linke Stange noch ein wenig kürzer als die schon nicht besonders lange rechte.

Bisher hat er sich aber immer außerhalb meiner Reichweite bewegt. Jetzt steht er quer und äst völlig vertraut.

Das nahende Gewitter ist vergessen. Die jetzt immer häufiger aufzuckenden Blitze und der drohende Donner dringen nur noch wie durch Watte, kaum wahrnehmbar zu mir.

Trotz meiner Erregung gleitet die Bockbüchsflinte wie von selbst in die Schulter. Entsichern, Haltepunkt kurz hinter Blatt, einstechen, Rückschlag und Knall.

Der Bock bricht im Feuer zusammen. Noch kurze Bewegungen der Halme, dann Ruhe.

Sofort dringen auch Blitz und Donner wieder ungefiltert zu mir durch. Der Himmel ist fast schwarz und die ersten Tropfen fallen.

Mit noch zitternden Händen raffe ich meine Ausrüstung zusammen, schließe die Luken und baume ab.

Der Regen wird stärker.

Die sofortige Bergung des Bockes ist aus den vorgenannten Gründen, wegen der fehlenden Ersatzhose, nicht möglich.

Ich eile zum Pkw und überstehe den jetzt prasselnden Regen geschützt und trocken.

Nach zwanzig Minuten ist der Spuk vorbei und sogar die Sonne schickt wieder ihre Strahlen durch die sich auftuenden Wolkenlöcher.

Sofort schwingen sich zuerst dünne, mit zunehmender Sonnenintensität dichtere, Dampfschwaden über den weiten Flächen in die Höhe.

Die Luft riecht frisch und angenehm.

Wie aber jetzt den Bock bergen? Der Raps ist triefendnass.

Kurz entschlossen entledige ich mich meiner Hose, verstaue sie im Kofferraum, nehme von dort die Gummistiefel und ziehe sie an.

So kurz nach dem Gewitter werden hier hoffentlich weder Landwirte noch Spaziergänger vorbeikommen. Das wäre mir in meinem derzeitigen Aufzug ausgesprochen peinlich.

Nach einem langen prüfenden Blick in die Runde mache ich mich endlich durch den triefenden Raps auf den Weg. Dass dabei die Unterhose nass wird, hatte ich kalkuliert. Allerdings hatte ich nicht daran gedacht, dass mir das Wasser auch von oben in die Gummistiefel laufen wird. Genau das passiert jetzt, ist nun jedoch nicht mehr zu ändern.

Außerdem habe ich frische Socken und Unterwäsche vor Ort im Schrank.

Insgeheim nehme ich mir vor, die besonderen Umstände der Bergung des Bockes meiner Frau nicht bis in alle Feinheiten zu erzählen, weil ich sie sonst nur in ihrer Auffassung bestärken würde, dass man nie genug Socken und Unterwäsche verfügbar haben kann.

Ein einzeln stehender Baum im Hintergrund – ich hatte ihn mir von der Kanzel aus als Hilfsziel für die Bergung gemerkt – weist mir den Weg.

Nach kurzer Suche ist der Bock gefunden. Der Schuss sitzt dort, wo er sitzen soll. Die nähere Inaugenscheinnahme ergibt, dass ich ihn richtig angesprochen habe.

Am Fahrzeug kann ich mich natürlich nur der nassen Socken und der Gummistiefel entledigen. Nachdem ich das Wasser aus den Gummistiefeln gegossen habe, lege ich das unaufgeblasene Gummikissen auf den Autositz und erreiche – Gott sei Dank – ungesehen meine Bleibe.

Als ich später in der Gaststätte bei Helmut genüsslich mein Mettwurstbrot verzehre, natürlich äußerlich völlig trocken, denke ich schmunzelnd daran, dass meinem Mitstreiter Walter sicherlich vor Lachen die Pfeife aus dem Mund gefallen wäre, wenn er am Mittwoch, mit der ihm eigenen Art solche Dinge plastisch zu untermalen, die Geschichte von der Bergung des Heide – Raps – Gewitterbockes am Stammtisch hätte erzählen können.

Aber glücklicherweise ist er diesmal nicht dabei gewesen!

Der Geisterbock

Einer der schönsten Monate des Jahres ist für mich der Juni, vor allen Dingen dann, wenn ich ihn möglichst häufig im eigenen Revier genießen kann.

Nach Wochen stramm mit Arbeit ausgefüllt, kann ich mich am Samstag, dem 3. Juni freimachen und mich das erste Mal in diesem Monat, dem vorgenannten Genuss hingeben.

Pfingstsamstag. Keine Eile und schon gar keine Hektik sind angesagt.

Schon vormittags bin ich ins Revier gefahren. Zu Beginn habe ich an den wichtigsten Punkten nach dem Rechten gesehen.

Unter anderem habe ich wichtige Fernwechsel in Augenschein genommen, die Salzlecken überprüft, sowie die bekannten Malbäume näher betrachtet. Nebenbei ist mir aufgefallen, dass die Sauen auch schon wieder mehr als reichlich zu Schaden gegangen sind.

Auf dem Weg, nahe der Teichkanzel, habe ich im weißen Heidesand die frische Fährte eines besonders starken Stückes Schwarzwild ausgemacht. Eindeutig aus der letzten Nacht.

Auch das Rotwild ist wieder aktiv. Zahlreiche Fährten auf dem Acker, entlang des Waldrandes, belegen das.

Die Rehwildpopulation im Revier ist ebenfalls gut. Wir sind mit der Besatzdichte sehr zufrieden.

Es war deshalb auch gar nicht schwierig, gleich am 16. Mai den ersten Bock zu strecken. Ein eindeutiger

Klasse II – Bock. Aufgebrochen wog er sechzehn Kilogramm. Sein Alter schätze ich auf vier Jahre.

Drei Wochen vorher hatte ich ihn mir schon ausgeguckt und da er besonders standorttreu war und jeden Abend pünktlich in der Nähe der Birkenleiter austrat, hat es gleich am ersten Abend geklappt.

Gegen 20.00 Uhr besetze ich die „Drainageleiter" oberhalb der Pferdeweide. Hinter mir – ansteigend – der Kartoffelacker. Vor mir – abfallend – dabei nach rechts und links sich jeweils zweihundert Meter ausbreitend, während die Tiefe nur zirka fünfzig Meter beträgt, die Pferdeweide.

Den Namen haben wir beibehalten, obwohl man auf dieser Weide schon seit Monaten kein Pferd mehr gesehen hat.

Entsprechend hoch ist der Bewuchs. Eine kunterbunte Mischung aus verschiedenen, teilweise blühenden Gräsern. Dazwischen, wie von einer Riesenhand wahllos eingestreut, unter anderem Schafgarbe, Geißfuß, Esparsette und Taubnesseln. Hier und da an den Zaunrändern umsäumt von den wunderschön hellblau leuchtenden Blüten der Wegwarte.

In mir keimt die Lust, mich unter dem strahlend hellblauen Himmel in die einladende Blütenpracht zu werfen.

Das Leben kann so schön sein!

Auf der vor mir liegenden Wiese habe ich Mitte April im Vorbeifahren, aus dem Pkw heraus – von mir aus gesehen links der Wiese liegt der betonierte Wirtschaftsweg – einen äsenden Bock gesehen.

Anfangs glaubte ich, einen Einstangenbock vorzu-haben. Nachdem ich das Fahrzeug zum Stehen gebracht hatte und durch das Glas ansprechen konnte, kam ich zu der Auffassung, dass die rechte Stange, die eines gut veranlagten Sechsers sei, während die linke kurz und verkümmert wirkte.

Er gab mir aber keine Gelegenheit das ganz sicher festzustellen, sondern war nach kürzester Zeit abge-sprungen. Merkwürdig hatte ich mich doch im Schutz einer Buschreihe mit dem Auto förmlich herangepirscht. Auch der Wind stand für mich besonders günstig. Nun gut, wahrscheinlich ein Zufall.

Nun sitze ich hier und harre der Dinge, respektive der Böcke, die da kommen werden.

Nach und nach habe ich zwei Hasen am Rand des hohen Wiesenbewuchses ausgemacht. Sie scheinen sich besonders wohlzufühlen und äsen, ohne sich im Gerings-ten stören zu lassen, von den vielen frischen Kräutern.

Wenn wir viele solcher Biotope hätten, brauchte uns um die Hasenbesätze nicht bange zu sein.

Allerdings und das setze ich im Interesse unserer Hasen voraus, müssen die Füchse, die sich infolge der Tollwutschutzimpfungen rapide vermehrt haben, auch weiterhin scharf bejagt werden.

Kaum habe ich dieses Thema angedacht, erscheint halblinks vorn am Wiesenrand, an der vorderen Grenze zum Roggenschlag, ein „Roter".

Anscheinend völlig desinteressiert, sich gar nicht um die Mümmelmänner kümmernd, obwohl er sie mit Sicherheit schon längst gewittert hat, schnürt er schnur-stracks auf der Höhe des Weidezaunes weiter. Nach kurzer

Strecke wechselt er auf einer Traktorspur in den Roggen und bleibt von dem Moment an unsichtbar.

Ein alter erfahrener Reinecke weiß natürlich, dass er in puncto Schnelligkeit gegen einen gesunden erwachsenen Hasen keine Chance hat. Deshalb hat er es auch gar nicht erst probiert.

Auch die Hasen, die ihn mit Sicherheit schon mitbekommen hatten, haben sich nicht weiter um ihn gekümmert.

Er hat außerdem Glück gehabt, denn wäre schon der 16. Juni gewesen, so hätte ich mich im Interesse der Hasenbesätze nicht zurückgehalten.

Rechts von der Pferdewiese liegt eine ungefähr zwölf Hektar große Ackerfläche mit einem Gemisch aus Wicken und Erbsen.

Sie wurden hier ausgebracht, um später, nach dem Unterpflügen, als Gründüngung zu wirken.

Von diesem Bewuchs äst das Rehwild besonders gern. Jetzt, gegen 21.30 Uhr, äsen bereits fünf Stücke auf der Fläche. „Mein" Bock ist allerdings nicht dabei.

Gegen 22.00 Uhr tritt aus dem direkt an die Wicken/Erbsenfläche angrenzenden Roggenschlag ein weiteres Stück Rehwild aus. Hoch das Glas.

„Mein" Bock! Ganz eindeutig. Deutlich erkenne ich die wesentlich kürzere linke Stange.

Er steht in einer Entfernung von ungefähr zweihundertundfünfzig Metern und nach kurzem Sichern fängt er vertraut zu äsen an.

Während die anderen Stücke sich frei auf der Fläche bewegen, hält er sich immer am Rand des Roggens auf. Ein besonders Vorsichtiger!

Natürlich ist er mir erstens für einen sicheren Schuss viel zu weit entfernt und zweitens habe ich ihn auch noch nicht nahe genug gehabt, um ihn zweifelsfrei ansprechen zu können. Das wäre jetzt aber auch gar nicht mehr möglich, denn ohne erkennbaren Grund verschwindet er plötzlich wieder im Roggen, obwohl der Wind für mich günstiger nicht stehen könnte.

Kurze Zeit genieße ich noch den schönen Juniabend und fahre anschließend sehr nachdenklich nach Hause, immer noch der Auffassung, dass es sich bei dieser Begebenheit nur um einen Zufall gehandelt haben muss.

Freitag, 9. Juni

Eine Woche lang hatte ich Zeit zu überlegen, wie ich noch dichter an ihn herankommen, ihn sicherer ansprechen und eventuell auch einen sicheren Schuss antragen kann.

Eine Ansitzeinrichtung, die alle diese Anforderungen erfüllt, befindet sich nicht in der Nähe.

Lange fiel mir keine befriedigende Lösung ein. Dann spontan der Entschluss.

Ich werde mich mitten in die Fläche der Gründüngung setzen und auf ihn warten, wenn er aus dem Roggen tritt. Dabei kommt mir die Erfahrung zugute, dass Rehwild Menschen auf eine gewisse Distanz kaum eräugt, wenn sie sich bewegungslos verhalten. Voraussetzung ist natürlich, dass der Wind vernünftig steht. Genau das ist heute der Fall. Dazu wieder der strahlend blaue Junihimmel. Ein Tag, wie man ihn sich schöner nicht vorstellen kann.

Gegen 20.00 Uhr sitze ich auf dem eigens für diesen Zweck Tarnfarben gespritzten Klappstuhl, mitten auf der Fläche, ungefähr siebzig Meter vom Rand des Roggenschlages entfernt.

Unmittelbar vor mir habe ich einen, speziell aus einer Haselnussrute für diesen Ansitz gefertigten, Zielstock in den Ackerboden getrieben. Daran habe ich eine Lederschlaufe zum ruhigen Einhängen des Gewehrs befestigt.

Im vorherigen Test hat sich diese Konstruktion zur vollsten Zufriedenheit bewährt.

Auf dem ungefähr dreißig Zentimeter hohen Bewuchs tauchen nach und nach die Rehe auf, die ich schon beim letzten Ansitz beobachtet habe.

Die Ricke mit den beiden munteren Kitzen, die der Mutter kaum Zeit lassen selbst zu äsen, weil sie dauernd mit ihr spielen wollen, bewegt sich zirka einhundert Meter rechts von mir.

Auch hinter mir äsen mehrere Stücke. Einmal habe ich mich ganz vorsichtig umgedreht und mit ziemlicher Sicherheit die Rehe der letzten Woche wiedererkannt. Mein Bock ist auch diesmal wieder nicht dabei.

Ich habe Glück, dass es zurzeit absolut windstill ist, denn sonst wäre das Wild um mich herum nicht so vertraut und mit Sicherheit in der Hauptwindrichtung gar nicht erst erschienen.

Der Klappstuhl fängt langsam an zu drücken. Erst jetzt fällt mir auf, dass ich diesmal vergessen habe, mein Kissen unterzulegen. Dazu ist es jetzt aber zu spät, denn die geringste Bewegung von mir kann das bereits herausgetretene Rehwild aufmerksam machen und verschrecken. Was man nicht im Kopf hat. Die schlussfolgernde Feststellung dazu verkneife ich mir lieber!

Gegen 22.00 Uhr, ich döse gerade ein wenig vor mich hin und überlege, welchen Hochsitz wir als nächstes erneuern sollten, vorn an der Roggenkante eine Bewegung.

Hellrot. Mein Bock!

Zuerst ganz vorsichtig streckt er Haupt und Träger heraus und äugt in alle Richtungen. Ich verharre wie erstarrt. Wenn ich mich in dieser Phase seines Austretens bewege, kann ich sicher sein, dass ich ihn hier heute zum Letztenmal gesehen habe.

Behutsam, weiter nach allen Seiten äugend, schiebt er sich auf die Fläche und fängt dann, wie ich es schon am letzten Wochenende festgestellt hatte, direkt an der Grenze des Roggenschlages an zu äsen.

Mit äußerster Vorsicht wage ich es jetzt, das Fernglas an die Augen zu bringen. Bestimmt drei Minuten brauche ich dazu.

Auf diese Distanz, es sind auf keinen Fall mehr als siebzig Meter, kann ich ihn endlich einmal sicher ansprechen.

Dem Gebäude und dem ganzen Auftreten nach, handelt es sich um keinen jungen Bock. Hinzu kommt die Dachrose an der ausgeprägten Sechserstange. Was es aber mit der linken Stange auf sich hat, vermag ich selbst auf diese Distanz nicht eindeutig zu erklären. Ich meine ansprechen zu können, dass sie höchstens sieben Zentimeter lang ist und sich an der Spitze verbreitert, das heißt, dass sie gar keine Spitze hat. Mein Entschluss ist gefasst! Er entspricht nicht dem Hegeziel und soll sich deshalb in diesem Jahr nicht weiter vererben.

Unendlich langsam, das Jagdfieber nur mühsam unterdrückend, lege ich das Glas auf den Rucksack und greife vorsichtig zur Bockbüchsflinte.

Bis das Gewehr endlich mit dem Vorderschaft ruhig in der dafür vorgesehenen Lederschlaufe liegt, vergehen fast zehn Minuten.

Nichts ist passiert. Alles Rehwild um mich herum äst weiter ganz vertraut. Ich bin selbst erstaunt, dass bis hierher alles gut gegangen ist!

Jetzt habe ich ihn in der Zieloptik und stelle sofort von 2 ½-fach auf ungefähr 8-fache Vergrößerung. Alles bleibt ruhig.

Einstechen. Der rechte Zeigefinger findet den Abzug. Jetzt der leichte Druck.

Dann passiert es! Während des langsamen Druckes des Zeigefingers auf den Abzug. Völlig unmotiviert und von mir nicht kalkulierbar, macht der Bock mit allen vier Läufen gleichzeitig auf der Stelle einen Riesensatz nach oben und, so erscheint es mir zumindest, nach hinten. Genauso, wie ich es schon mehrfach bei Damwild beobachtet habe.

Intuition? – Unmöglich.

Mein Unterbewusstsein sträubt sich einfach, etwas Derartiges zu akzeptieren und liefert mir auch sofort eine plausible Erklärung. Ihn muss beispielsweise in diesem Moment eine Bremse in ein edleres Körperteil gestochen haben. Natürlich ist das nur eine Vermutung. Gewittert haben kann er mich jedenfalls nicht.

Zurückhalten kann ich den Schuss nicht mehr. Mehrfach bricht sich der peitschende Knall an den umliegenden Waldkulissen.

Der Bock strauchelt im Feuer, rafft sich sofort auf und verschwindet innerhalb von Zehntelsekunden im Roggen.

Ich sitze wie betäubt. In über zwanzig Jägerjahren ist es mir noch nicht ein einziges Mal passiert, dass ich ein Stück Schalenwild krankgeschossen habe, aber diesmal scheint dieser Albtraum eines jeden Jägers für mich zur Gewissheit zu werden.

Nach einer angemessenen Wartezeit gehe ich, das Gewehr quer auf dem Rücken und den Zielstock in der Hand, zum Anschuss.

Sofort finde ich Schweiß und Schnitthaar. Getroffen habe ich also. Aber wo?

Böse Befürchtungen quälen mich.

Am Anschuss ramme ich den Zielstock in den Boden. Man wird ihn von Weitem sehen können. Für den Fall, dass ich die Nachsuche abbrechen muss, wird er mir später schnell den Weg zum Anschuss weisen.

Anschließend erlebe ich erstmals, wie schwierig es ist, ohne brauchbaren Hund eine Nachsuche in einem Getreidefeld durchzuführen. Nur an vereinzelt umgeknickten Halmen kann ich manchmal die Fluchtrichtung mehr erahnen. Richtig froh bin ich, wenn ich hin und wieder meinen Nachsucheweg dadurch bestätigt sehe, dass ich schwache Schweißwischer rechts oder links des Fluchtweges an den Halmen entdecke. Kleinere Schweißtropfen finde ich nur ganz selten.

Der Roggen ist in dieser Phase seines Reifeprozesses mit einer klebrigen Substanz bedeckt. Nur ungern erinnere ich mich daran, wie ich schon nach kurzer Zeit aussehe! Ich klebe am ganzen Körper. Meine Befürchtungen, dass ich Hose und Hemd anschließend wegwerfen muss, bestätigen sich glücklicherweise nicht.

Doch zurzeit beschäftigt mich dieser Gedanke nicht. Ich denke an den Bock und hoffe, dass er keine Qualen leiden muss.

Eine eindeutige Fluchtrichtung lässt sich anhand des bisherigen Weges durch den Roggen nicht feststellen.

Es fängt schon langsam an zu dämmern, als ich einen Schweißfleck von ungefähr zehn Zentimetern Durchmesser auf dem Boden finde. Die Hoffnung, jetzt auch gleich den Bock gefunden zu haben, erfüllt sich nicht, denn von dieser Stelle an kann ich die Fährte nicht mehr finden. Obwohl ich mehrfach zu dem Schweißfleck zurückkehre, kann ich nichts an der Tatsache ändern, dass von diesem Fleck aus die Fährte nicht mehr weiterzugehen scheint.

Bei immer stärker zunehmender Dunkelheit breche ich die Nachsuche ab.

Selten habe ich eine so unruhige Nacht in der Hütte verbracht. In den häufigen Schlafpausen muss ich regelmäßig an den Bock denken. Dabei ertappe ich mich, dass ich mir Vorwürfe mache, obwohl ich an diesem unsauberen Schuss ja gar nicht die Schuld trage.

Am Morgen suche ich den Schweißhundeführer im Nachbardorf auf und schildere ihm den Sachverhalt.

Er lässt sich nicht lange bitten und begleitet mich mit seinen beiden, auf Schweiß trainierten, Deutsch – Drahthaar Hündinnen umgehend ins Revier.

Schon von Weitem erkennen wir den im Ackerboden steckenden Zielstock. Mit einem seiner Hunde, ich halte den anderen an der Leine, beginnt er seine Arbeit.

Zielgerichtet strebt der Hund auf der Fährte, hier und dort einen Schweißwischer oder -tropfen verweisend.

Schon nach kurzer Zeit (ich habe dazu wesentlich länger gebraucht) hat er den Schweißfleck gefunden und verweist ihn deutlich. Danach geht er noch ungefähr zwanzig Meter in der vorher gezeigten Sicherheit auf der Fährte und fängt dann an zu faseln.

Noch zweimal gehen wir den Weg vom Anschuss bis zu der genannten Stelle und jedes Mal fängt der Hund an der gleichen Stelle zu faseln an.

Danach bricht der Hundeführer die Suche ab und erklärt: „Sie können jetzt ruhig denken, dass meine Hunde nichts taugen, aber so, wie sich der Hund auf der Fährte aufgeführt hat, werden sie den Bock in ein paar Tagen putzmunter wiedersehen.

Der Hundeführer hat in der ganzen Gegend, auch über unseren Hegering hinaus, einen ausgesprochen guten Ruf und von seinen Hunden erzählt man sich wahre Wunderdinge. Trotzdem scheine ich im Augenblick erkennbar ungläubig geguckt zu haben, denn er bekräftigt das Vorhergesagte mit der Bemerkung: „Sie können mir das ruhig glauben. Ich kenne meine Hunde genau!"

Na ja. Übermüdet und mit mir und der Welt nicht zufrieden, fahre ich anschließend nach Hause.

An diesem Wochenende bin ich nicht der anregendste Gesprächspartner!

Dienstag, 13. Juni

Heute ist Vollmond und ich will mich einmal nach den Sauen umsehen. Vorher will ich aber die Gelegenheit nutzen, zu überprüfen, ob der Hundeführer mit seiner Prognose Recht hatte.

Wieder sitze ich auf der Drainageleiter und kurz vor der Dämmerung dann die Überraschung: Halbrechts hinter mir, an der langgezogenen Buschreihe, an der sich etwas weiter entfernt die braune Kanzel befindet, ein Stück Rehwild. Runde 250 Meter entfernt.

Im Glas spreche ich ohne Zweifel „meinen" Bock an. Eindeutig kann ich das abnorme Gehörn erkennen.

Eine Welle der Freude und Dankbarkeit durchflutet mich in diesem Augenblick. Er hat es überlebt und ist nicht irgendwo unter Schmerzen verendet.

Seine Bewegungen zeigen keine Auffälligkeiten, also scheint mein Schuss ihn nicht allzu sehr in seiner Bewegungsfreiheit beeinträchtigt zu haben.

Jetzt dreht er sich und äugt in meine Richtung. Nun kann ich deutlich den etwa drei Zentimeter breiten dunklen Streifen quer über den Stich erkennen.

Offenbar die verschorfte Streifschussverletzung.

In diesem Moment leiste ich innerlich Abbitte bei dem Hundeführer, denn trotz des guten Rufes, den er und seine Hunde in der ganzen Umgebung genießen, hatte ich starke Zweifel an der Richtigkeit seiner Aussage gehabt.

Diesmal ist der Bock zu weit für einen sicheren Schuss entfernt und ähnliches, wie das vor ein paar Tagen Erlebte, möchte ich ihm nicht noch einmal antun. Ich hätte aber auch gar keine Gelegenheit dazu gehabt, denn wie ein Geist ist er, wieder ohne ersichtlichen Grund, urplötzlich in der Buschreihe verschwunden. Ungläubig schüttele ich den Kopf und verspreche mir in diesem Augenblick fest, dass ich in diesem Jahr in unserem Revier auf keinen anderen Bock als diesen mehr waidwerken werde.

Dies muss der Zeitpunkt gewesen sein, zu dem ich dem Bock bei mir den Namen „Geisterbock" gegeben habe.

Der anschließende Ansitz, bei strahlendem Vollmond, beschert mir auf der Waldwiese einen großartigen jagdlichen Anblick. Von der „Telefonzelle" aus, der großen Schlafkanzel, die diesen Namen trägt, weil sie auf ehemaligen Telefonmasten ruht, beobachte ich eine Rotte Sauen. Es handelt sich um eine große Rotte von ungefähr 25 Stück der unterschiedlichsten Größen.

Als die Rotte nach fast zwanzig Minuten wieder eingewechselt ist, fahre ich, irgendwie mit mir selbst zufrieden, aber trotzdem nachdenklich wegen der kaum erklärbaren Ereignisse um den Bock, nach Hause.

Freitag, 30. Juni

Endlich bin ich wieder einmal draußen.

Die Kirrungen habe ich schon überprüft. Die Sauen sind überall gewesen. Auch Fährten von Reh- und Rotwild habe ich in zufriedenstellenden Größenordnungen gefunden.

Der Abendansitz, ich sitze auf der Birkenleiter, beschert mir den Anblick von insgesamt sechs Stücken Rehwild. Teils gleichzeitig, teils nacheinander habe ich jeweils eine Ricke mit je einem Kitz und zwei Böcke vor. Dabei handelt es sich um einen gut veranlagten zweijährigen Gabler und einen – jetzt muss ich aufpassen, dass ich nicht ins Schwärmen gerate – guten alten Sechser. Das Gehörn, fast zehn Zentimeter über Lauscher, sieht aus wie gemalt. Die ausgeprägten Dachrosen lassen den alten Kämpen ahnen. Dieser Bock befindet sich mit Sicherheit auf der Höhe seiner Entwicklung.

Ich komme richtig ins Sinnieren, doch rechtzeitig rufe ich mich zur Ordnung. Soll er seine gute Veranlagung doch in diesem Jahr noch vererben. Vielleicht kommt er mir im nächsten Jahr. (Zur Information: Ich habe diesen Bock seither nie mehr gesehen. Doch das nur am Rande.)

Ich warte auf den „Geist", denn nur ihn allein möchte ich in diesem Jahr noch strecken.

Das Büchsenlicht schwindet, doch den Bock habe ich nicht in Anblick bekommen.

Samstag, 1. Juli

Der Sonnenaufgang ist einmalig. Von der Birkenleiter aus kann ich erneut die beiden Ricken mit den Kitzen ansprechen. Sie nähern sich mir teils bis auf 30 Meter. Von den Böcken des gestrigen Tages allerdings keine Spur. Das ist mir aber ganz recht, damit ich nicht vielleicht doch noch in Versuchung komme.

Als ich gerade beschlossen habe, in allernächster Zeit abzubaumen, drehe ich mich noch einmal vorsichtig um, um die ungefähr 200 Meter hinten liegende Spargelwiese in Augenschein zu nehmen.

Und dort steht er wieder. Der „Geist"! Selbst ohne Fernglas kann ich ihn bei der inzwischen schon höher stehenden Sonne einwandfrei identifizieren.

Er äst in ungefähr 300 Metern Entfernung, äugt zwischenzeitlich aber immer einmal wieder in meine Richtung, als wüsste er, dass ich hier auf ihn warte.

Kurze Zeit darauf flüchtet er, ohne erkennbaren Grund, durch den angrenzenden Roggen in Richtung auf den entfernten Waldrand und ist bald meinen Blicken entschwunden. Dabei stand der Wind besonders günstig für mich. Ich kann mir das nun wirklich nicht mehr erklären.

Samstag, 12. August

Beim Morgenansitz habe ich den „Geisterbock" nicht zu Gesicht bekommen, genau wie die vielen Male in den Wochen vorher, die ich gar nicht im Einzelnen aufzählen möchte.

Ganz langsam macht sich ein gewisser Frust in mir breit und ich frage mich, ob der Bock überhaupt noch unter den Lebenden weilt. Allerdings habe ich bei Gesprächen mit den Pächtern der angrenzenden Reviere noch nichts erfahren, das mich befürchten lassen muss, er sei schon zur Strecke gekommen.

Auch beim Abendansitz bekomme ich ihn nicht zu Gesicht.

In der Nacht um 03.35 Uhr habe ich dann Waidmannsheil. Von der Telefonzelle aus gelingt es mir, auf der Waldwiese einen gescheckten Frischling von rund fünfzehn

Kilogramm Gewicht aus einer Rotte von drei Bachen und insgesamt fast zwanzig Frischlingen zu strecken. Natürlich empfinde ich Freude über den jagdlichen Erfolg.

Der Bock wäre mir allerdings lieber gewesen!

Samstag, 10. September

Abendansitz. Fast habe ich schon die Hoffnung aufgegeben, den „Geist" jemals wieder zu Gesicht zu bekommen.

Doch dann, kurz vor Einbruch der Dämmerung, kann ich ihn von der Bergleiter aus auf der Spargelwiese wieder deutlich ansprechen. Inzwischen kenne ich seine typischen Bewegungen so gut, dass ich eigentlich kein Fernglas mehr brauchte, um ihn zu bestätigen. Doch auch diesmal nehme ich das 8x56 zu Hilfe und erkenne, dass sich der Bock inzwischen dunkel verfärbt hat, dunkel bis auf die Streifschussspur. Sie leuchtet nach wie vor rot. Offensichtlich hat sich die Decke hier nicht verfärbt.

Auch diesmal ist der Bock wieder mindestens 300 Meter von mir entfernt. Außerdem äugt er auch heute in schöner Regelmäßigkeit immer wieder in meine Richtung, obwohl der Wind direkt von ihm auf mich zusteht, doch das wundert mich inzwischen schon fast nicht mehr.

Ich glaube nicht an Übersinnliches, doch dieser Bock wird mir langsam unheimlich.

Diese Auffassung verstärkt sich noch, als er plötzlich, völlig unmotiviert, in weiten Fluchten im angrenzenden, hoch aufgeschossenen Spargelschlag untertaucht.

Als das Büchsenlicht verschwunden ist, gehe ich zur Hütte und stärke mich.

Beim anschließenden Nachtansitz, es ist Septembermond, strecke ich im Wald, von der Saukanzel aus, einen 45 Kilogramm schweren Überläuferkeiler.

Eigentlich könnte ich mir, was die Jagderfolge der letzten Wochen und Monate anbelangt, langsam auf die Schulter klopfen. Zwischenzeitlich habe ich nämlich auch einige Füchse gestreckt.

Doch die Zufriedenheit will sich nicht einstellen. Zu sehr beschäftigt mich der Geisterbock.

Sonntag, 15. Oktober

Inzwischen hat der Jägerlehrgang unseres Landkreises wieder begonnen. Schon seit ein paar Jahren wirke ich dabei als Ausbilder mit. Das macht mir wirklich Spaß. Allerdings, die Lehrgangsaktivitäten finden sehr häufig an Samstagen statt, habe ich dadurch oft weniger Zeit für die Jagd. Doch an diesem Wochenende hat es mal wieder geklappt.

Der 15. Oktober. Der letzte Tag an dem die Böcke frei sind!

Ich habe zwei Jungjäger aus dem letzten Lehrgang, die sonst weniger Jagdgelegenheit haben, mitgenommen. Sie sollen auf Füchse ansitzen. Auch auf Sauen habe ich sie schon ein paarmal dabei gehabt.

Kurz bevor wir uns zum Abendansitz auf den Weg machen – mein letzter Bockansitz in diesem Jahr ist wohl mehr symbolischer Art – fragt mich der Ältere von beiden nach den Vorteilen eines variablen Zielfernrohrs.

Am Beispiel des 2 ½ – 10x56 Glases auf meiner Bockbüchsflinte versuche ich ihnen dies zu verdeutlichen. Dabei lasse ich beide, bei unterschiedlichen Vergrößerungen, auch durch die Zieloptik schauen.

Dann wird es Zeit und wir machen uns auf den Weg.

Das Wetter ist nicht besonders und es liegt Regen in der Luft.

Unterwegs rekapituliere ich noch einmal das Gespräch mit den beiden Jungjägern und komme zu dem Ergebnis, dass ich die Vorteile einer variablen Zieloptik doch eigentlich hervorragend „rübergebracht" habe. Manchmal ist es auch nötig, sich selbst auf die Schulter zu klopfen.

Bei dem Gedanken an mein Zielfernrohr fällt mir ein, dass ich die zehnfache Vergrößerung nach dem „Vortrag" nicht wieder auf 2 ½ zurückgedreht habe.

Auf dem Wege zur offenen Birkenleiter (hoffentlich gibt es keinen Regen) mache ich also neben dem rechts von mir liegenden, ausgewachsenen Spargelfeld halt und stelle die Vergrößerung wieder auf 2 ½-fach zurück.

Bei der Gelegenheit, noch nie zuvor habe ich meine Waffe auf dem Weg zum Hochsitz geladen, lade ich den Kugellauf mit einer .30.06 Patrone.

Tausendmal habe ich seitdem darüber nachgedacht, weshalb ich gerade an diesem 15. Oktober die Waffe auf dem Wege zum Ansitz geladen und weshalb ich, die, zu diesem Zeitpunkt doch eigentlich völlig überflüssige Rückstellung auf die kleine Vergrößerung unterwegs durchgeführt habe, obwohl ich die Einstellung des Zielfernrohrs sonst immer auf der Ansitzeinrichtung vornehme. Ich bin zu keinem schlüssigen Ergebnis gekommen!

Vorahnung?

Aber wie schon gesagt, an Übersinnliches glaube ich nicht.

Am Ende des Spargelfeldes schließt sich die sogenannte Spargelwiese an. Dahinter ein Stoppelacker. Auch die Birkenleiter habe ich halblinks auf ungefähr 200 Meter im Blickfeld.

Ich bin am Ende des Spargelfeldes angekommen und überschreite gerade auf dem Weg die imaginäre Grenze zur Spargelwiese, als ich rechts neben mir ein Geräusch höre und gleichzeitig aus dem Augenwinkel eine Bewegung sehe.

Zwei Stücken Rehwild flüchten nach halblinks vorn, zuerst über die Wiese, dann über die Roggenstoppeln.

Sofort durchfährt es mich siedend heiß. Das linke Stück ist der Geisterbock! Jede seiner Bewegungen ist mir so vertraut. Ein Irrtum ist ausgeschlossen.

Einmal mehr kommen mir in dieser Situation die Erfahrung und das Reaktionsvermögen des geübten Tontaubenschützen zugute.

Selbst der Rucksack auf dem Rücken stört mich nicht.

Blitzschnell und ohne auch nur im Geringsten anzuecken, zigtausend mal trainiert, wie ein Teil meiner selbst, gleitet die Waffe in die Schulter.

Das intellektuelle Denken macht in diesem Moment Platz für das sogenannte Muskelgedächtnis. Es beherrscht die Situation, weiß auch ohne die zusätzlich steuernden Impulse des Gehirns mit der Waffe das Ziel zu finden. Findet sogar noch Zeit, vor dem Schuss den französischen Stecher zu betätigen. Dann peitscht das .30.06 – TUG – Geschoß aus dem Lauf, erreicht den Bock in voller Flucht.

Wie von einer Riesenfaust mitten im Sprung umgestoßen, rolliert der Bock runde 70 Meter von mir entfernt, als das mehrfach rollende Echo des Schusses meine Ohren erreicht.

Noch kann ich es nicht fassen!

Am letzten Tage war mir das Jagdglück nun doch noch hold, obwohl ich schon nicht mehr damit gerechnet hatte.

Vorsehung?

Die vorgenannten Merkwürdigkeiten haben sich wirklich alle so, wie geschildert, zugetragen.

Da ich nicht an Übersinnliches glaube, kann es sich nur um Zufälle gehandelt haben.

Zufälle?

Wer die Wahl hat...

Eine in Passagen manchmal ernsthafte Betrachtung

Alle Jäger beschäftigt das Thema, welches Kaliber für welches Wild, Spezial- oder Universalkaliber, Schrot oder Kugel, mindestens seit Beginn ihres Jägerlebens über alle Maßen.

In nicht endenwollenden Diskussionen haben wir diese Fragen in Kreisen von Experten – und die sind wir ja wirklich alle – mit mehr oder weniger Engagement diskutiert und vertreten.

Wir haben uns die Köpfe heißgeredet und uns beim Schüsseltreiben oder am Stammtisch wegen der konträren und kaum miteinander zu vereinbarenden Standpunkte auch manchmal schon fast an die Köpfe gekriegt.

Zu einer abschließend angeglichenen Meinung oder gar einem Konsens hat es bisher aber noch nie gereicht.

Eher haben sich unsere individuellen, möglicherweise auch ein bisschen sturen Auffassungen noch weiter verfestigt.

Ich schwöre zum Beispiel nach wie vor auf die Bockbüchsflinte Kaliber .30.06 Springfield und 12er Schrot als Ansitzwaffe.

In der Diskussion macht es sich auch immer besonders gut, wenn ich so nebenbei einwerfen kann, dass ich mein gesamtes Rehwild mit „der .30.06" schieße, ebenso meine Sauen und – anschließend warte ich immer auf den achtungsvollen Gesichtsausdruck meines Gesprächspartners – in Schweden bei meinem Freund Kjell Karlsson auch schon vier Elche damit gestreckt habe.

Natürlich vergesse ich nicht anzumerken, dass „die .30.06" mit dem 11,7 Gramm TUG – Geschoß auf Rehwild nicht zu brutal wirkt, weil es sich in dem schmalen Wildkörper gar nicht richtig entfalten kann. Dass es aber andererseits bei starken Elchen zufriedenstellende Wirkung zeigt und dass es bei diesen sogar ab und an Ausschuss produziert.

„Übrigens", so füge ich oft noch hinzu „hatte ich, seitdem ich das Kaliber .30.06 schieße, nicht eine Nachsuche auf Schwarzwild mehr".

Dass der Schrotlauf zu einer Ansitzwaffe gehört, man denke an den Fuchs und sonstiges Raubwild und -zeug sowie, wenn auch leider inzwischen immer seltener, an den Hasen, stelle ich als selbstverständlich fest.

Dabei „vergesse" ich natürlich regelmäßig zu erwähnen, wie ich mich erst im vergangenen Winter wieder geärgert habe, als der Fuchs auf der Waldwiese, längere Zeit gut sichtbar in ungefähr fünfzig Metern Entfernung vor mir, mäuselte. Natürlich zu weit für einen sicheren und balgschonenden Schrotschuss.

Gut, im Hinblick auf die stark rückläufigen Hasen- und Rebhuhnbesätze habe ich ihn schließlich doch mit der .30.06 geschossen, aber dieser Balg war dann natürlich nicht zu verwerten!

Man müsste in der Ansitzkombinationswaffe (ein schreckliches Wort, aber ich will es einmal so stehen lassen) eine kleinere, balgschonendere Kugel zur Verfügung haben.

Halt, ist das nicht Ketzerei?!

Ich bin doch gerade dabei, alles was ich jahrelang in Diskussionen so vehement vertreten habe über Bord zu werfen!

Wie soll ich nur meine Überlegungen und den plötzlichen Sinneswandel den Jagdfreunden am Stammtisch verkaufen? Am besten erst einmal gar nicht.

Es folgen Wochen und Monate ausgefüllt mit quälenden Überlegungen, Vergleichen und Abwägungen.

Drilling oder Bergstutzen? Oder nur Repetierer oder gar Doppelbüchse?

Dann fällt mir der Katalog eines Jagdausrüsters in die Hand und beim lustlosen Durchblättern springt mir plötzlich das Wort Einstecklauf ins Auge.

Einstecklauf!

Die Lösung. Damit auch endlich nicht mehr im Hinterkopf die Sorge, wie den in nähere Überlegungen einbezogenen und schon halbwegs beschlossenen Kauf von Drilling oder Bergstutzen meiner Frau finanziell schmackhaft machen zu können.

Also Einstecklauf! Natürlich mündungslang. Wenn schon dann auch den Besten, von vorn verstellbar und in rehwildtauglichem Kaliber.

In die engere Wahl kommen somit die Kaliber .222 Remington, 5.6 x 50 R, sowie dasselbe in Magnum und 5,6 x 52 R Savage.

Wieder folgen Wochen, in denen ich Tabellen wälze und Vergleiche anstelle.

Auch die Preise der Komponenten ziehe ich ins Kalkül. Die interessieren mich als alten Wiederlader natürlich noch mehr als die Preise für fabrikgeladene Patronen.

Endlich, nach Abwägung aller mir zugänglichen Informationen, verfestigt sich in mir der Vorsatz, es mit dem Kaliber 5.6 x 50 R Magnum zu versuchen. Ich bin mir dabei natürlich völlig darüber im klaren, dass ein solcher Lauf – erst einmal angeschafft – endgültig zur Waffe gehört und nicht wieder verkauft werden kann. Es handelt sich immerhin um ein finanzielles Volumen von ungefähr mh, mh, na ja!

Eine Woche nach dem Entschluss es mit dem vorgenannten Einstecklauf zu probieren, erstmals der Versuch einer Beratung mit Walter, meinem Mitpächter.

„Ja, aber du hast doch bisher immer so auf deine Bockbüchsflinte geschworen!"

Es dauert lange, bis ich ihm glaubhaft erklärt habe, dass ich sie ja auch weiterhin, notfalls ohne Einstecklauf, führen kann und werde.

Plötzlich kommen mir die Argumente für den „quasi Bergstutzen" leicht, fließend und wie ich meine, auch recht überzeugend über die Lippen. Kein Wunder, habe ich doch monatelang meine eigenen Zweifel mit immer neuen Argumenten selbst bekämpft.

Ich wundere mich deshalb gar nicht, dass es mir fast problemlos gelingt, Walter zu überzeugen.

In meiner Meinung nun bestärkt, packe ich am Folgetag die Waffe ein und ab zum Büchsenmacher, aber in eine andere Stadt. Dem Büchsenmacher im Nachbarort habe ich nämlich schon zu oft meine – bisher gültige – Auffassung kundgetan, und ich habe keine Lust in Erklärungsnöte zu geraten.

„Ja, natürlich kann ich ihnen den gewünschten Lauf einbauen. Vor einer endgültigen Zusage muss ich aber zuerst die Waffe überprüfen. Neuerdings müssen nämlich auch Einsteckläufe staatlich beschossen werden und wenn sich dabei der Verschluss als nicht dicht genug erweist, kann es passieren, dass sie die Waffe danach gar nicht mehr benutzen dürfen!"

Ein kleiner Stich ins Herz. Nicht stark, eben nur ein kleiner!

Natürlich ist der Verschluss meiner Waffe in Ordnung. Wenn es hoch kommt, habe ich doch höchstens fünfzig Schuss damit gemacht.

Er nimmt mein Gewehr und geht damit in die Werkstatt hinter dem Laden, um zu messen, wie er sagt.

Lächerlich! Dass der Verschluss in Ordnung ist, sehe ich mit bloßem Auge und dass nichts klappert und wackelt kann man doch spüren.

Warum dauert denn das so lange?

Er kommt wieder, mit schulmeisterlichem Gesicht und dann ohne Vorwarnung der Dolchstoß: „Wie ich schon befürchtet habe, kann ich ihnen nicht empfehlen, den geplanten Lauf in die Waffe einbauen zu lassen, denn der Verschluss!"

Er redet noch etwas von Toleranzen, Beschussamt und Stempeln, aber den Rest höre ich nicht mehr.

Monate des Quälens, Vergleichens und Abwägens umsonst. Was hätte ich in der Zeit geistig, schöpferisch alles bewegen können.

Aus, vorbei!

Mit leisem Gruß verlasse ich den Laden.

Monate sind seitdem vergangen.

Das Wort Einstecklauf hatte ich in dieser Zeit nicht ein einziges Mal mehr in den Mund genommen, eigentlich sogar fast völlig aus meinem Gedächtnis gestrichen.

Ganz langsam steigt jetzt aber der Trotz in mir auf. Pausenlos bohrend, fast schmerzhaft, nicht auszuhalten.

Mein Gewehr, meine innig geliebte Bockbüchsflinte soll den Anforderungen eines blöden Einstecklaufes nicht entsprechen? Gibt's ja gar nicht!

Schon habe ich den Katalog des Jagdausstatters wieder in der Hand.

„Zusätzliche Arbeiten, wie Verschluss abdichten, wenn erforderlich, werden gesondert berechnet!!!"

Aha, ein böser Verdacht keimt in mir auf. War er dazu vielleicht nicht in der Lage oder war es ihm etwa zu aufwendig?

Nein, jetzt werde ich ungerecht. Natürlich hat er nach bestem Wissen sein Urteil abgegeben.

Am nächsten Tag bin ich in der Filiale des Jagdausstatters in unserer Stadt. Man sagt, das sei meistens etwas unpersönlich, aber ich habe hier einen sehr sympathischen Berater für mich ganz allein.

Er will und kann die Sache mit dem Einstecklauf nicht allein entscheiden, holt aber umgehend den Büchsenmachermeister dazu.

Ein junger, offener Mann, dem ich gefühlsmäßig sofort Vertrauen entgegenbringe, obwohl ich, wohl auch berufsbedingt – bei einem Kriminalhauptkommissar ist das offenbar so –, sonst eher skeptisch bin.

Er guckt sich die Waffe an, ohne die Stirn in Falten zu legen, in die Werkstatt zu gehen und mit irgendwelchen Messgerätschaften zu drohen, lächelt mich an, nickt und sagt: „Kein Problem!"

Meine Frau und alle die mich näher kennen, wissen, dass ich über jeden Zweifel erhaben bin, doch in diesem Moment hätte ich ihn küssen können.

Als er mir dann erklärt, dass solche Arbeiten natürlich in der Zentrale ausgeführt werden und dass ich ein bisschen Zeit mitbringen muss, höre ich eigentlich nur noch halb zu. Ich nicke, unterschreibe irgendetwas und gebe mein Gewehr hoffnungsfroh in seine Hände; natürlich erst, als er mir versichert hat, dass es zum Aufgang der Bockjagd ganz bestimmt wieder in den meinen sein wird.

Das alles ist inzwischen schon fast Geschichte, na ja, einige Monate her.

Natürlich mußte ich den Einstecklauf auf die von mir selbst gefertigte Munition einschießen. So ganz nebenbei kann ich in diesem Zusammenhang stolz vermelden, dass Teilmantel- und Vollmantelgeschoß (beide fünfzig Grains) fast in ein Loch schießen.

Im Juni habe ich dann nach langem Zögern meinen ersten Bock mit der „5,6" gestreckt.

Sicher ist es gewöhnungsbedürftig, wenn dieser nach einem sauberen Schuss noch rund dreißig Meter geht, als habe er nichts abbekommen, vor allen Dingen auch deshalb, weil ich mit der „ .30.06" anderes gewöhnt war.

Aber der Umkreis von dreißig Metern um den Anschuss zählt ja eigentlich noch dazu, oder!

Außerdem muss ich den Freunden am Stammtisch ja nicht alles und in allen Einzelheiten auf die Nase binden.

Schon jetzt freue ich mich darauf, wie ich ihre Einwände und Argumente von wegen zu geringes Kaliber, zu wenig Geschoßgewicht, kein Stecher im Schrotlauf, zu rasante Patrone pp. mit einfacher Logik zerpflücken werde.

Außerdem werde ich den Fuchs auf der Waldwiese in diesem Jahr auch auf achtzig Meter strecken und den Balg gerben lassen können.

Ganz im Geheimen – das habe ich selbst Walter noch nicht erzählt – habe ich mir vorgestern eine neue Packung Geschosse, Kaliber .30.06 Springfield gekauft.

Ich weiß nämlich, wo ein guter Bock geht!

Gänsejagd

Die Verabredung steht.

Lange hat es gedauert, doch endlich sind wir uns jetzt einig geworden. Günther und ich sind bei unserem gemeinsamen Jagdfreund Raymond in dessen Revier östlich der Elbe zur Gänsejagd eingeladen.

Schon im vergangenen Jahr hatte diese gemeinsame Jagd eigentlich stattfinden sollen, doch die leidigen Termine haben uns einmal mehr einen Strich durch die Rechnung gemacht.

Es ist nicht so, dass wir uns nicht hätten freimachen können, aber drei Vielbeschäftigte jagdlich terminlich unter einen Hut zu bringen ist, die Erfahrung haben wir in den letzten Jahren immer wieder gemacht, ein Meisterstück.

Als wir uns dann zeitlich endlich zusammengerauft hatten, rief Raymond am Vorabend an: „Ihr wisst, wie gern ich euch im Revier habe. Wie verabredet könnt ihr auch morgen anreisen und das Wochenende hier verbringen. Für Unterkunft ist in gewohnter Weise gesorgt. Ich möchte euch nur darauf hinweisen, dass die Elbe Eis führt und wir somit die Hunde nicht ins Wasser schicken können."

Also haben wir kurzfristig das ganze Vorhaben abgeblasen und uns zu Hause Dingen gewidmet, die sonst durch das Jagdwochenende zu kurz gekommen wären.

Natürlich sehr zur Freude unserer besseren Hälften, die ja sonst wieder einmal ein Wochenende auf uns hätten verzichten müssen.

Ich will damit keinesfalls zum Ausdruck bringen, dass uns die Frauen unsere Passion nicht gönnen. Sie sind einfach nur über jedes Wochenende froh, dass sie gemeinsam mit uns verbringen können. In dieser Hinsicht kann ich Günthers Karin und meine Ellen über einen Kamm scheren.

In diesem Jahr soll uns nun aber wirklich nichts mehr dazwischenkommen. Mit Eis ist aufgrund der milden Temperaturen und auch nach der aktuellen Wettervorhersage nicht zu rechnen.

Die „Plünnen" sind gepackt, die Flinte noch einmal durchgezogen und die Schrotpatronen, der hier in unseren Breiten doch seltener benutzten Schrotgrößen 4 und 4 ½ Millimeter, liegen bereit. Die neuen Gummistiefel habe ich leider im eigenen Revier vergessen, aber für dieses eine Mal werden es die alten aus dem Heizungskeller auch tun.

Einen kleinen Wermutstropfen in unserem Jagdwochenendbecher gibt es leider doch: Die Termine konnten wir nicht so hundertprozentig abstimmen, dass es für das ganze Wochenende gereicht hätte.

So haben wir uns auf Freitag, den 6. Dezember als Anreisetag verständigt, während wir leider schon am nächsten Tag, dem Samstag, wieder abreisen müssen. Allerdings erst nach dem abendlichen Gänsestrich.

Schon zweimal war ich in den vergangenen Jahren als Jagdgast in dem Revier, das Raymond, Wilhelm und Ewald gemeinsam gepachtet haben.

Beide Male hatten wir ein schönes gemeinsames Wochenende, wenn mein persönlicher Jagderfolg auch nicht immer so ganz meinen Erwartungen und vor allen Dingen meinen Hoffnungen entsprochen hat.

Das lag aber bei Weitem nicht an fehlenden Gänsen. Die gibt es hier so zahlreich und sie gehen derart massiv zu Schaden, dass die Landwirte der gesamten Region über jede erlegte Gans glücklich sind.

Auch aus den Medien konnte man in der Vergangenheit Einzelheiten über die hier anstehenden Probleme erfahren.

Seit einiger Zeit versucht man es ja auch mit staatlicherseits finanziell geförderten Ablenkungsfütterungen, aber der gravierende Erfolg dieser Maßnahmen ist meines Wissens bisher wohl noch nicht eingetreten.

Dass also meine jagdlichen Erfolge sich bisher in Grenzen hielten, lag wahrscheinlich eher daran, dass mich die Gänse wohl nicht so richtig mochten. Für meine Begriffe zogen sie bisher jedenfalls viel zu selten in akzeptabler Schrotschussentfernung über mich hinweg.

Am Telefon hat mir Raymond kürzlich eine neue Strategie angedeutet, die jetzt seit rund zwei Jahren im Revier angewandt wird. Damit sei der jagdliche Erfolg schon so gut wie sicher.

Wir hoffen es, besonders auch im Interesse der Landwirtschaft.

Am Freitag, pünktlich um 13.00 Uhr, holt mich Günther ab. Er hat sich diesmal als Fahrer angeboten.

Schnell habe ich meine Ausrüstungsgegenstände verstaut. Dabei begrüßen mich Günthers rehbraune Westfalenterrier Biene und Anka herzlich. Wir haben schon viele gemeinsame Jagden erlebt und die beiden, übrigens Mutter und Tochter, mögen mich offensichtlich. Das beruht aber auf Gegenseitigkeit.

Selten habe ich zwei so führige Hunde erlebt, die buschieren, apportieren und zudem noch gut auf der Schweißfährte arbeiten, um nur einige ihrer hervorstechenden guten Eigenschaften anzusprechen. Dass sie sich als Bauhunde einen Namen gemacht haben, will ich nur der Ordnung halber erwähnen.

Die Fahrt führt anfangs über die Autobahn und später über Bundes- und Landstraßen durch die Landschaften der Lüneburger Heide und Ausläufer der Görde.

Da die Umgebung recht abwechslungsreich ist und wir uns außerdem angeregt unterhalten, vergeht die Zeit wie im Fluge.

Ehe wir's uns versehen, haben wir Dannenberg hinter uns gelassen und überqueren auf der vor wenigen Jahren neu errichteten Dömitzer Brücke die Elbe.

Beklemmende Gedanken an die Zeit vor der Wende und die Rolle, die die Vorgängerin der jetzt so gut gelungenen Brücke zu vergangenen „DDR"-Zeiten mehrfach gespielt hat, lassen uns nur kurze Zeit nachdenklich und still werden. Dann bringt uns die Vorfreude auf zu erwartende jagdliche Erlebnisse wieder in eine gewisse Hochstimmung.

Auf der anderen Seite der Elbe biegen wir nun nach rechts und haben noch ungefähr fünfzehn Kilometer zurückzulegen, bis wir das Revier, in das wir eingeladen sind, erreichen.

Jedes Mal wieder, wenn ich diese Strecke zurück-
lege, bin ich, ja, wie drücke ich es am besten aus, aufs
Neue erstaunt, erschreckt, bestürzt über das Bild, das
sich dem Auge beim Durchfahren der kleinen Ört-
chen bietet.

Ich habe den 2. Weltkrieg nicht mehr bewusst mit-
erleben müssen, doch an die Zustände der direkten Nach-
kriegszeit habe ich viele, mehr oder weniger nebulöse
Erinnerungen. Besonders die damals vorherrschende
Tristesse, das Grau in Grau, der anfangs noch mangels
Baumaterialien vielerorts vorherrschende Verfall und
natürlich die Kopfsteinpflasterstraßen haben bei mir
bleibende Erinnerungen hinterlassen.

Hier fühle ich mich in genau diese Zeit zurückversetzt!

Es drängt sich immer das Gefühl auf, als habe hier
seit Jahrzehnten, seit der Teilung Deutschlands, niemand
auch nur einen Finger gerührt.

Gerechterweise muss ich aber an dieser Stelle anführen, dass das Gebiet, das wir jetzt durchfahren, zu
„DDR"-Zeiten wegen der direkten Elb- und damit Grenz-
nähe, auch für normale Bürger gesperrt war. Niemand,
der nicht besonders legitimiert war, durfte es betreten.
Das soll sogar so weit gegangen sein, dass Alteingeses-
sene, aber dem Regime Missliebige, zwangsweise um-
gesiedelt wurden.

Trotzdem sieht man inzwischen überall die Pflänz-
chen der neu erwachten Initiative und des Unternehmer-
geistes sprießen. Das macht Hoffnung!

Um 15.30 Uhr, so hatte es Raymond telefonisch durchge-
geben, sollten wir spätestens vor Ort sein. Es ist 15.40 Uhr,
als wir vor seinem Jagddomizil, einer kleinen Souterrain-

wohnung in einem nach der Wende neuerrichteten Haus, auf den Hof rollen. Er wartet schon auf uns.

Für lange Begrüßungsauftritte bleibt keine Zeit.

Schnell ziehen wir uns die Gummistiefel an. Dann greife ich mir meine Hahnflinte neuerer Fertigung – man gönnt sich ja sonst nichts – sowie die Jagdtasche mit den Zwölfer Patronen und steige zu Raymond ins Auto.

Schon nach knapp 150 Metern sind wir im Revier und nach weiteren gut zwei Kilometern haben wir die weite Graslandschaft der Elbauen erreicht. Soweit das Auge reicht nur Weiden, Weiden, hin und wieder durch Kanäle unterbrochen, die nur vereinzelt streckenweise von Buschwerk gesäumt werden.

In weiter Ferne entdecke ich einen Sprung Rehe, äsend auf der freien Weidefläche. Der nächste Hochsitz ist fast vierhundert Meter und die nächste kleine Buschreihe an einem Graben gut fünfhundert Meter entfernt. „Steht das Wild noch in eurem Revier?", frage ich Raymond und zeige dabei auf die Rehe. Als er bejaht, kommt folgerichtig die nächste Frage: „Und wie bejagt ihr die?"

„Das ist eine gute Frage," antwortet er. „Wir beobachten vorher tagelang, wo sich unser Wild bewegt. Erst dann gehen wir, meistens morgens in der Dunkelheit, an. Ich habe mir zwischenzeitlich eine dieser Wathosen zugelegt" und als ich fragend gucke, erklärt er „das sind Gummistiefel mit einer Gummihose obendran. Damit kann man auch durch die Kanäle pirschen." Langsam fange ich an zu begreifen, dass man jagdlich in diesen Revieren völlig umdenken muss.

Das merke ich auch gleich anschließend, als Raymond uns die Stände zuteilt. Jetzt lässt er auch, bezüglich der neuen Strategie bei der Gänsejagd, die Katze aus dem Sack. Ewald, der inzwischen vor Ort wohnt, hat ein paar Tage lang gezielt das Zugverhalten der Gänse beobachtet und dadurch deutliche Korridore festgestellt, in denen sie sich zur Zeit „bewegen". „Diese Korridore können sich aber von heute auf morgen ändern. Die Feststellung der Zugrichtung hat also nicht für ewig Gültigkeit", klärt Raymond mich auf. Na ja, das wäre dann auch wirklich zu einfach!

Auf einem dieser Korridore, in relativer Nähe unserer Autos, wird Günther abgestellt, während der Jagdherr und ich zu Fuß noch einen dreiviertel Kilometer langen Weg über die Weiden zurücklegen.

Bei der Gelegenheit begreife ich auch erstmals, weshalb er mir so dringend ans Herz gelegt hatte unbedingt Gummistiefel anzuziehen, denn überall wohin ich trete, platscht es unter den Stiefeln. Überall steht Wasser. Einige Male waten wir sogar durch bis zu dreißig Zentimeter tiefe Wasserflächen. Bei der Gelegenheit wird mir klar, dass es wohl doch keine so gute Idee war, die alten Gummistiefel anzuziehen, denn sie sind offenbar beide undicht und nach kürzester Zeit habe ich nasse Füße und patsche von diesem Moment an im eiskalten Wasser herum. Ich kann versichern, dass das kein angenehmes Gefühl ist, aber es bleibt wenigstens von oben trocken. Der Himmel ist inzwischen sogar richtig klar geworden.

Das ist allerdings auch nicht so gut, wie mir der Jagd-herr nach meiner Feststellung der Wetterbesserung sofort einen Dämpfer verpasst, denn „dann haben sie bessere Sicht und fliegen automatisch wesentlich höher". Hier, könnte man meinen, werden alle Regeln über bisherige jagdliche Erfahrungen auf den Kopf gestellt. Bei näherem Überdenken stellt sich aber doch ganz schnell die Einsicht ein. Natürlich müssen sie, wenn das Wetter trübe ist und die Wolken tief hängen, tiefer fliegen, um Bodensicht zu haben und sich orientieren zu können.

Auf dem Wege zu unserem Platz sehen wir kaum ein Fleckchen Weidegras, auf dem nicht die typisch graugrünen Würste der Gänselosung liegen. Das Gras ist bis direkt auf den Boden abgeäst.

Vor einer langgezogenen, querverlaufenden größeren Wasserfläche macht Raymond halt. Auf der anderen Seite der Fläche, ungefähr zwanzig Meter von uns entfernt, steht eine recht stabile Kanzel. „Solltest du zu der Kanzel gehen wollen, wäre es zweckmäßig, um die Wasserfläche herumzugehen. Es handelt sich nämlich nicht um eine der üblichen Wasserlachen, sondern um einen Kanal. Er ist in der Mitte gute zwei Meter tief", klärt er mich auf.

Während der gesamten Zeit, seit wir von den Kraftfahrzeugen losgegangen sind, ziehen nah und fern über uns Wildgänse dahin, fast immer in ihren typisch „Einsähnlichen" Flugformationen. Das Geschrei nimmt immer mehr zu, bis wir uns schon mit erhöhter Lautstärke verständigen müssen.

So etwas habe ich noch nicht gesehen!

Auf dem Wege von ihren Tagesäsungsflächen zu den Übernachtungsplätzen sind mit ziemlicher Sicherheit nach und nach Tausende von Gänsen unterwegs. Wohin ich am klaren Himmel auch blicke, nichts als „Einsen". Dazwischen aber auch hin und wieder eine kleinere Formation, bei der es mangels Menge, sprich mangels Gänsen, nicht zu einer Eins reicht. Sie fliegen in der Form eines Striches.

Heike, Raymonds Griffonhündin, kennt dieses Schauspiel natürlich. Gelassen sitzt sie auf den Keulen auf einer der wenigen trockenen Stellen der Weide und äugt nach oben. Hin und wieder der Blick auf den Herrn scheint aber sagen zu wollen: „Na Herrchen, wann bequemst du dich endlich?"

Aber sie sind einfach noch zu hoch. Raymond, er steht etwa einhundert Meter neben mir, meint, dass es noch reichlich zweihundert Meter Höhe sind.

Mir kommen sie wesentlich tiefer vor. Ich hätte so um die siebzig bis achtzig Meter geschätzt.

Dann plötzlich das Rauschen über mir. Ich reiße den Kopf in die Höhe. Von hinten mit einem, ich darf das jetzt einfach einmal sagen, „Affenzahn" rauscht eine Strichformation nach vorn über mich hinweg. Vier Gänse. In Zehntelsekunden schätze ich die Höhe. Höchstens fünfunddreißig Meter. Die Flinte rast nach oben, packt die führende Gans, schwingt vor – Rums und noch einmal – Rums!

Als sei nichts geschehen und ohne auch nur die geringste Reaktion zu zeigen, rauschen die Graugänse weiter in die zunehmende Dämmerung. Sie ignorieren mich und meine Schrote völlig! Ich bin fassungslos. Das kann doch nicht sein.

Dann die ruhige, abgeklärt klingende Stimme des Jagdherrn: „Jürgen, die sind noch viel zu hoch. Das waren noch mindestens hundert Meter!"

Ich antworte nicht. Einfach deshalb nicht, weil ich ihm das nicht abnehme. So kann ich mich einfach nicht verschätzen. Nicht um fast siebzig Meter.

Trotzdem halte ich mich in den nächsten Augenblicken zurück, als mehrfach Gänse – wie ich meine – in erreichbarer Höhe über mich hinwegbrausen.

Doch dann kommen sie plötzlich von vorn, aus der Hauptflugrichtung. Zuerst waren sie in direktem Anflug auf Raymond's Standort, biegen aber im letzten Moment in meine Richtung ab. Vielleicht deshalb, weil er mir seinen Ansitzstuhl überlassen hat und es dadurch auf sich nimmt, selbst wie ein Turm in die ansonsten Hunderte von Metern freie Weidelandschaft zu ragen.

Die Höhe passt nun aber wirklich. Vorsichtig, diesmal habe ich ja Zeit, nehme ich die Flinte hoch und gehe in Anschlag. Wieder richte ich mich auf die erste Gans ein, fahre mit, überhole im letzten Moment und als ich meine, weit genug überholt zu haben, drücke ich zweimal kurz hintereinander ab, auch mit der geheimen Hoffnung, dass eine der nächsten Gänse in der Reihe die Schrote bekommen könnte, wenn ich nicht weit genug vorn gewesen sein sollte.

Jetzt erwarte ich das Taumeln, das Torkeln, den Absturz und den weithin hörbaren Aufschlag. Und – nichts! Wieder keine Reaktion bei den Gänsen. Ruhig und ohne auch nur die geringste Beeinträchtigung zu zeigen, setzen sie ihren Weg durch die Lüfte fort.

Das gibt es doch nicht! Ich bin ganz sicher „drauf" gewesen. Ratlos blicke ich hinüber zum Jagdherrn und erlebe gerade noch mit, wie seine Sechzehner Flinte zum ersten Mal an diesem Abend Feuer spuckt. Nur noch schemenhaft, die Dämmerung ist schon weiter fortgeschritten, erkenne ich, wie fast direkt über ihm eine Gans die Schwingen anlegt und sofort auf direktem Wege nach unten stürzt. Der laute Schlag, mit dem sie auf der nassen Wiese aufschlägt, ist weit zu hören.

Sofort ist Heike zur Stelle und apportiert die erste Jagdbeute des heutigen Abends. Sie brauchte dazu kein

Kommando, hat sie doch schon lange genug diesem Moment entgegengefiebert.

„Waidmannsheil!"

Er bedankt sich mit ruhiger Stimme.

Jetzt aus Günthers Richtung kurz hintereinander zwei Schüsse. Hoffentlich hat er mehr Waidmannsheil, als es mir bisher beschieden war. Sofort danach wieder zwei Schüsse aus seiner Richtung und dann noch einmal. Wie hat er nur so schnell nachgeladen?

Den Gedanken kann ich nicht zu Ende denken, denn in meiner direkten Nähe hat es schon wieder geknallt. Nur ein Schuss. Kurz darauf erneut der laute Knall, als die Beute auf der nassen Fläche aufschlägt.

„Waidmannsheil." – „Waidmannsdank. Jürgen, lass uns mal ein wenig weiter nach hinten ausweichen, dort kommen sie nach und nach immer tiefer. Den Stuhl lass ruhig stehen, ich lasse auch meinen Rucksack und die Gänse hier. Wenn wir zurückkommen, nehmen wir alles mit."

Natürlich bin ich einverstanden, denn inzwischen hat sich bei mir so etwas wie Einsicht breit gemacht, dass ich mich doch in den Entfernungen verschätzt haben könnte. Ich wäre aber momentan noch nicht bereit, das auch offen zuzugeben.

Wir bewegen uns also, rückwärtsgehend, nach hinten.

Dann wieder das Rauschen. Erst nach langen Augenblicken erfasse ich optisch die, der ich rückwärtsgehe, direkt auf meine Vorderseite zu rauschende Kette.

In oft trainierter Weise Flinte hoch, mitschwingen, überholen, abdrücken, weiterfahren. Sofort nach dem ersten Schuss ruckt die führende Gans, taumelt kurz, legt die Schwingen an und knallt Zehntelsekunden später unten auf. Sofort bin ich auf dem Wege, denn es ist deutlich dunkler geworden. Wenig später habe ich sie gefunden.

Na also, es geht doch. Nichts habe ich verändert und trotzdem getroffen. Doch dann kommt mir schlagartig die Erleuchtung. Die Gänse, die ich jetzt bei schon stärkerer Dunkelheit noch erkennen kann, sind einfach **näher dran**. Also habe ich mich vorher eindeutig verschätzt! Die Schrote sind gar nicht bei den Gänsen angekommen.

„Waidmannsheil!" Raymond's Ruf erreicht mich aus einer ganz anderen Richtung, als ich ihn erwartete. Er ist mehr vorn rechts, als ich ihn vermutet habe. Beim weiteren Zurückgehen orientiere ich mich mehr in diese Richtung, außerdem halten wir jetzt Rufkontakt um uns, da wir uns nicht mehr optisch wahrnehmen können, nicht „aus den Augen" zu verlieren.

Meine nassen Füße spüre ich zu diesem Zeitpunkt schon gar nicht mehr, zumal auch die Außentemperatur in der letzten Stunde rapide gesunken ist. Das ist aber uns beiden fast gleichzeitig aufgefallen, also kann es nicht ausschließlich an meinen nassen Füßen liegen.

Da wir, den Blick gen Himmel gerichtet, rückwärtsgehen, müssen wir es natürlich auch in Kauf nehmen, rückwärts durch Wasserlachen zu waten, die ein wenig tiefer sind als das allgemeine „Wiesenwasserniveau". Ich merke das auch jedes Mal sofort daran, dass ein neuer Schwall kalten Wassers meine Füße „erfrischt". Aber irgendwann nehme ich das auch nicht mehr ganz so tragisch und eine stoische Ruhe überkommt mich.

Bei Günther hat es inzwischen noch mehrfach geknallt. Ich wünsche ihm von ganzem Herzen eine beachtliche

Strecke und sehne ganz langsam den Augenblick herbei, da ich mich endlich der löchrigen Stiefel und der nassen Socken entledigen kann.

Pfeifendes Rauschen! Ganz anders als vorher. Auch der heisere Ruf ertönt langgestreckter oder einfach nur anders. Dann erfasse ich auch die diffusen Schatten über mir. Kraniche! Ganz eindeutig. Sofort senkt sich die Flinte wieder. Fast gleichzeitig der warnende Ruf des Jagdherrn: „Kraniche!" – „Ja ist klar," antworte ich, „habe ich schon gesehen."

Was mich jetzt aber stutzig werden lässt ist die Richtung, aus der mich seine Stimme erreicht. Sie schallte von fast genau hinten zu mir herüber. Ich habe offenbar beim Rückwärtsgehen nicht so ganz die gerade Richtung gehalten. Nach ein paar scherzhaft gewechselten Worten richte ich mich nach dem Klang seiner Stimme wieder ein. Am Ende dieses Manövers höre ich ihn wieder genau rechts neben mir sprechen. Damit ist alles wieder im Lot!

Rauschender Schwingenschlag. Direkt in Richtung auf meine Frontseite. Verbissen sucht mein Blick am immer dunkler werdenden Himmel den Ursprung der Geräusche zu entdecken. Da, eine „Eins" in direktem Anflug auf mich. Nach dem Flugbild eindeutig Gänse. Reflexartig ruckt die Waffe nach oben und spuckt zweimal kurz hintereinander Feuer.

Die Reaktionen oben, relative Ruhe und verschreckter, unregelmäßiger Schwingenschlag, lassen mich hoffen.

Platsch – Platsch! Zehntelsekunden nacheinander die beiden Aufschläge auf dem nassen Weideboden. Na also.

Im tiefsten Innern hüpft etwas. War ich doch schon fast am Verzweifeln gewesen. Also habe ich das Treffen doch noch nicht verlernt.

Eine Graugans habe ich sehr schnell gefunden, die andere schnappt mir Heike vor der Nase weg und trägt sie zu ihrem Herren. Der wird sie nun vorerst leider für mich tragen müssen, aber ich bin ja inzwischen auch mit zwei Gänsen belastet.

„Wollen wir Schluss machen"? Raymonds Stimme erreicht mich von links. Ich wundere mich über gar nichts mehr. „Einverstanden", antworte ich, froh, in absehbarer Zeit die nassen Socken von den gefühllosen Füßen zu kriegen.

Dabei gaukelt mir mein geistiges Auge schon jetzt einen dampfenden Grog auf dem Tisch in der einzigen Gaststätte des kleinen Ortes vor. Natürlich fühle ich mich verpflichtet, sofort etwas gegen eine eventuelle Erkältung zu tun! Nicht dass ich mich auf den Grog freue. Es geht mir nur um die Gesundheit!

Nach verständigenden Rufen treffen wir uns. Er beglückwünscht mich zu der Doublette und stapft anschließend umgehend in die Richtung, aus der er gerade gekommen ist. Da ich vermute, er wolle noch etwas Liegengelassenes holen, verweile ich auf meinem Platz.

Schon nach wenigen Schritten wendet er sich um, sieht mich fragend an – das Licht reicht noch soeben, um das zu erkennen – und fragt, ob ich nicht mitkommen will.

Ich verstehe jetzt wirklich gar nichts mehr. Nach meiner Auffassung liegt unser Ziel, die abgestellten Kraftfahrzeuge, in der entgegengesetzten Richtung und das sage ich ihm auch. Ich bin mir meiner Sache absolut sicher. Dabei muss ich so überzeugend wirken, dass er nach und nach unsicherer wird und letztlich, wenn auch widerstrebend, glaubt, er habe sich geirrt.

Wir schultern also unsere Flinten und machen uns auf den Weg in **meine** Richtung.

Während wir so nebeneinander durch die pitschnassen Weiden stapfen, lassen wir gesprächsweise Einzelheiten der heutigen Jagd noch einmal aufleben. So teile ich ihm wiederholt mit, dass ich froh bin, inzwischen den Grund für meine anfänglichen Fehlschüsse erkannt zu haben, während er zum Ausdruck bringt, dass er mit sich zufrieden ist, weil er sich diesmal nicht hinreißen ließ, den gleichen Fehler wie ich zu machen und auf zu hoch fliegende Gänse zu schießen. Außerdem ist er zufrieden und da kann ich ihm nur beipflichten, dass er mit nur zwei Schüssen zwei Gänse gestreckt hat.

Am Horizont um uns herum gibt es inzwischen überall Lichter, welche die blinken und andere, die konstant ihr Licht verbreiten.

Nach geraumer Zeit meint Raymond, dass wir doch jetzt langsam den Kanal mit der Kanzel auf der anderen Seite erreicht haben müssten. Auch ich bin dieser Meinung, doch soweit unser Blick reicht ist kein Kanal in Sicht. Auch eine Kanzel vermögen wir nicht zu entdecken.

Nach weiteren fünf Minuten Fußmarsch haben wir den Kanal und die Kanzel noch immer nicht erreicht. Dafür stehen wir aber vor einem Graben, der hier eigentlich gar nicht sein dürfte und den wir wegen seiner Breite auch nicht überqueren können.

Die Erkenntnis, dass wir uns verlaufen haben, trifft uns wie ein Keulenschlag!

In der Folge versuchen wir anhand der uns umgebenden Lichter unsere Richtung auszumachen.

Immer wenn wir glauben, eine uns bekannte Lichtsilhouette entdeckt zu haben und einige Zeit darauf zumarschiert sind, verschwindet sie aus unerfindlichen Gründen oder das Kraftfahrzeug, um das es sich in einigen Fällen handelt, fährt weg.

Meine Füße spüre ich inzwischen wirklich nicht mehr. Außerdem scheinen sich die „Wassereinlassschlitze" in meinen Gummistiefeln durch den langen Marsch nach und nach zu vergrößern. Das Gefühl mit nackten Füßen durch eiskalte Fluten zu waten trägt auch nicht gerade dazu bei, mich in Hochstimmung zu versetzen.

„Hoffentlich hat die Gaststätte noch geöffnet, wenn wir zurückkommen." Diesen Stoßseufzer habe ich diesmal, vor Augen wieder den steifen Grog, laut von mir gegeben. Der Jagdherr pflichtet mir bei, setzt aber noch einen drauf, als er sagt: „Hoffentlich sind wir zum Frühstück zu Hause".

Dann schemenhaft aus dem Dunkel ein hoher Schatten. Die Kanzel! Hubertus sei Dank. Ein Blick auf die Uhr bestätigt, dass wir fast eine dreiviertel Stunde ziellos in der Gegend herumgelaufen sind.

So ganz nebenbei gehe ich näher auf die Kanzel zu und – vermisse den Kanal, vor dessen Tiefe mich Raymond anfangs gewarnt hatte. Also sind wir offenbar von der anderen Seite angewechselt. Ganz schöne Umwege haben wir gemacht.

Doch es ist kein Kanal da. So oft ich auch um die Kanzel herumgehe, einen Kanal finde ich nicht!

„Raymond, wir sind falsch, ich kann keinen Kanal finden!" – Stille. Leises Patschen. Er kommt auf mich zu, nimmt die Kanzel in Augenschein, dreht sich zu mir um und verkündet tonlos: „Diese Kanzel kenne ich gar nicht!"

Schon zwanzig Minuten sind wir wieder durchs Wasser patschend unterwegs. Mehrfach habe ich inzwischen den Stoßseufzer von mir gegeben: „Hoffentlich hat die Gaststätte noch geöffnet, wenn wir nach Hause kommen!"
Galgenhumor hat sich inzwischen breitgemacht, obwohl die Füße nicht mehr da zu sein scheinen, die Flinte auf der Schulter drückt und die Gänse schon seit geraumer Zeit zu schwer geworden sind.
Während wir seit eben diesen zwanzig Minuten auf das größte Licht am Horizont zustapfen und hin und wieder mit den Taschenlampen in verschiedene Richtungen leuchten, überlegen wir gemeinsam – natürlich nur im Spaß – welche Geschichte wir anschließend Günther und später auch den anderen auftischen könnten, um nicht Zielscheibe ihres Spottes zu werden. Etwas Plausibles fällt uns natürlich nicht ein.

„Hoffentlich hat die Gaststätte noch geöffnet!"

Vor uns ein flirrendes Licht. Ein kreisender Scheinwerfer! Dazu die Stimme. Günthers Stimme: „Seid ihr es?"
Sofort sind wir natürlich wieder obenauf: „Selbstverständlich, hast du jemand anderen erwartet?" Dabei geben wir momentan aber noch nicht zu, dass wir seiner Stimme noch nie so gern gelauscht haben, wie in diesem Augenblick.

Als er merkte, dass wir nicht in einem normalen Zeitraum zurückkamen, hat er das einzig Richtige getan. Er hat die Scheinwerfer eines Autos eingeschaltet und ist selbst zu unserem anfänglichen Platz in der Nähe der Kanzel am tiefen Kanal gegangen. Dort hat er unsere zurückgelassenen Gegenstände und die Gänse gefunden, ist hiergeblieben und hat verschiedentlich seine starke Lampe in unterschiedliche Richtungen kreisen lassen.

Übrigens hat die Gaststätte noch geöffnet und mit trockenen Socken, warmen Füßen und bei einem steifen Grog – es können auch zwei oder drei gewesen sein – sieht die Welt kurz darauf schon wieder richtig rosig aus.

Sauwetter

Noch kann ich es nicht so richtig glauben.

Ich sitze – nach längerer Zeit mal wieder – in der Hütte und schreibe, schreibe deshalb, weil ich noch völlig aufgewühlt bin. Eigentlich drängt es mich, sofort tätig zu werden, aber durch die Umstände bin ich momentan zur Untätigkeit verurteilt.

Es ist genau 24.00 Uhr. Ich habe um 22.45 Uhr auf einen Keiler geschossen. Auf einen Keiler, den ich im strömenden Regen auf der Waldwiese fast „überlaufen" hätte.

Aber der Reihe nach.

Ein bisschen Zeit habe ich mir mal wieder herausgeschunden und kann zweimal übers Wochenende in der „Butze" übernachten.

Die Butze ist mein zur kleinen Jagdhütte umfunktionierter Ansitzwagen, den ich, mangels geeigneter Übernachtungsmöglichkeiten im angrenzenden Dörfchen, mitten im Revier aufgestellt habe. Natürlich an einer Stelle, wo er nicht stört.

Zwei Übernachtungen bedeuten für mich unter dem Strich, dass dabei mindestens vier Ansitze herausspringen.

So ganz fröhlich, wie ich es mir vorgestellt habe, bin ich aber eigentlich doch nicht. Schon die dreiviertel Stunde auf der Autobahn am Freitagnachmittag hat mich – bei strömendem Regen – ziemlich genervt.

Trotzdem bin ich aber noch halbwegs guter Laune und hoffe auf einen interessanten Ansitz, der mir vielleicht doch endlich einen braven Bock bescheren könnte.

In den vergangenen Wochen habe ich mehrfach in der Nähe der Teichkanzel einen gut vereckten, aber trotzdem etwas abnormen Bock beobachtet. Leider waren die Umstände immer so, dass ich ihn entweder auf zu große Distanz oder verdeckt durch Buschwerk beim Äsen beobachten durfte. Ihm möchte ich mich heute besonders widmen. Außerdem bietet sich – bei Junimond – der anschließende Ansitz auf Sauen geradezu an. Aber noch warte ich auf der Teichkanzel auf den eben angesprochenen Bock.

Es gießt wie aus Eimern und so ganz richtig kann ich nicht daran glauben, dass mir St. Hubertus heute hold sein könnte.

Bei langsam anbrechender Dämmerung fallen rechts von mir, für mich unsichtbar hinter den Erlen, im Teich zwei Enten ein. Das deutliche Platsch … Platsch und das laute, aufgeregte Quaken des Erpels lassen dies eindeutig erkennen.

Für einen kurzen Augenblick verstummt das – wenn auch durch den gießenden Regen in der Lautstärke gedämpfte – Konzert der Frösche, jedoch nur, um nach wenigen Momenten zögernd erst, dann jedoch mit neuer Intensität wieder einzusetzen. Ihnen scheint der Regen so richtig zu gefallen. Ihr inbrünstiges Liebeslied lässt mich darauf schließen.

Hinter mir im Wald jetzt Geräusche, aber das Konzert der Frösche und der gießende Regen lassen einen Schluss auf deren Ursprung nicht zu. Trotz meiner gespannten Erwartung tritt kein Wild aus, so sehr ich es auch herbeiwünsche.

Die Dämmerung schreitet fort und je dunkler es wird, umso mehr lässt auch ganz langsam der Regen nach. Schließlich, bei fast völliger Dunkelheit, hört das zuletzt nur noch leichte Tupfen auf das Kanzeldach völlig auf. Na ausgezeichnet, aber jetzt ist es auch ohnehin schon fast egal.

Eigentlich wollte ich auf der Teichkanzel „durchsitzen", denn die Sauen haben die in der Nähe befindliche Kirrung in den letzten Wochen häufig angenommen. Da aber durch die tiefe und ausgesprochen dichte Bewölkung das Licht des Mondes nur ganz minimal durchdringt, erhoffe ich mir auf der Telefonzelle genannten Kanzel mit dem gleichmäßigeren Untergrund der Waldwiese eine bessere Sicht. Außerdem verspüre ich starken Durst und möchte mir etwas zu trinken holen.

Also packe ich die „Plünnen" – wie auch heute transportiere ich den Bergstutzen bei Schmuddelwetter ohnehin möglichst im Futteral – schließe die Luken und baume ab.

Der Regen hat sich völlig verabschiedet. Man hört keinen Laut. Selbst meine Schritte auf dem nassen Boden sind nicht zu hören. Fast völlig lautlos stapfe ich also in Richtung Waldwiese. Die unwirkliche Stille wird noch dadurch verstärkt, dass kein Windhauch die triefendnassen Blätter bewegt.

Ich habe mir vorgenommen, meine Ausrüstung so im „Vorbeigehen" auf der Telefonzelle abzulegen, zur Butze zu fahren, eine Flasche Wasser zu holen (nein wirklich kein Bier, das lässt mich immer so schnell einschlafen) und es mir dann anschließend auf der Kanzel für die lange Ansitznacht bequem zu machen.

Auf dem recht kurzen Weg zur Waldwiese, es handelt sich um höchstens zweihundertundfünfzig Meter, setzt dann auch schlagartig der Regen wieder ein. Es wäre aber auch zu schön gewesen!

Die Waldwiese – langgezogen und ungefähr insgesamt dreihundert Meter lang, dabei aber nur höchstens vierzig Meter breit – betrete ich am äußersten Ende. Bis zum anderen Ende liegen also runde dreihundert Meter Fußmarsch vor mir. Andere Wege führen nur durch dichten Bestand. Sie zu dieser Tages- bzw. Nachtzeit zu begehen, noch dazu bei Regen, ist nicht ratsam.

Ungefähr auf der Mitte der Waldwiese, zu meiner Linken, befindet sich die Telefonzelle.

Der Regen nimmt an Intensität zu und steigert sich zum Guss. Nur gut, dass ich die Waffe im Futteral mitführe, sonst wäre, da ich mit meinen Waffen besonders pingelig umgehe (meine Frau hat einmal im Scherz geäußert, sie wäre froh, wenn ich sie so wie meine Waffen pflegen würde) anschließend mal wieder eine besonders intensive Waffenreinigung fällig.

Ganz langsam machen sich auch Feuchtigkeit und Kälte dergestalt bei mir bemerkbar, dass ich ernsthaft zu überlegen beginne, ob ich nicht die Nacht lieber auf der weichen Couch in der Butze verbringen sollte. In Höhe der Telefonzelle angekommen intensiviere ich diese Überlegungen noch.

Bevor ich mich jedoch endgültig entscheide, hole ich das 8x56-Fernglas unter der schützenden Wachsjacke hervor und leuchte die Waldwiese vor mir ab. Nur so zur Vorsicht. Natürlich nichts! Nicht bei diesem Sauwetter!

Sauwetter?

Ganz heiß steigt es in mir auf.

In langen Ansitznächten haben sich dunkle und helle Flecken, unterschiedliche nächtliche Grautöne, stärkere Unebenheiten des Geländes und die Hintergrundsilhouette der Waldwiese nachhaltig in mir eingeprägt. Der Busch am gegenüberliegenden Waldrand kommt mir unbekannt vor. Hatte er nicht entfernt die Ähnlichkeit mit der Form einer Sau? Sofort beginnen Alarmglocken in mir zu schrillen.

Vorsichtig das Glas wieder hoch. Der Busch ist nicht mehr an dem Platz, wo ich meine ihn gesehen zu haben!

Nicht mehr da? Das kann ja wohl nicht mit rechten Dingen zugehen. Ganz vorsichtig lege ich den Rucksack und das Gewehr, im natürlich wassergeschützten Futteral, auf den Boden. Ebenso vorsichtig nehme ich erneut das Glas an die Augen, suche erneut den vor mir liegenden Waldrand ab und erkenne, jetzt selbstverständlich mit geschärften Sinnen, einen dunklen Schatten vor der etwas helleren Waldkulisse, der dort eigentlich nicht hingehört. Das sagt mir meine Erinnerung des Signalbildes der Waldwiese. Damit will ich zum Ausdruck bringen, dass er beim letzten Ansitz noch nicht dort war. Außerdem – und das erkenne ich in diesem Augenblick ganz deutlich – hat er sich gerade nach rechts bewegt. Nicht besonders schnell, sondern eben in der Geschwindigkeit wie ein Stück Rehwild, das langsam vor sich hinbummelnd äst. Oder wie ein Stück Schwarzwild, das mal wieder die Waldwiese umbricht und für Wildschaden sorgt.

Reh oder Sau?

Die Größe des Schattens könnte auf beide Spezies zutreffen. Falls es nun ein Keiler ist! Spontan hocke ich mich nieder, um vorsichtshalber zu versuchen, den Bergstutzen geräuschlos aus dem Futteral zu nehmen. Das Ärgerliche ist, dass gerade in diesem Moment der Regen stark nachgelassen hat und die – jetzt ach so wünschenswerte – Geräuschkulisse damit entfällt. Das momentane Betätigen des Reißverschlusses würde mir garantiert umgehend eine leere Waldwiese bescheren.

Doch wie ich so, still vor mich hinhockend, an diesem Problem herumrätsele, kommt mir St. Hubertus doch noch zu Hilfe.

Auf der entfernten Landstraße fährt ein Kraftfahrzeug mit hoher Geschwindigkeit gen Lüneburg. Dabei machen die Reifen auf der regennassen Fahrbahn hell – singende Geräusche, ebenso, als werde langsam ein Reißverschluss aufgezogen. Einer momentanen Eingebung folgend klinke ich mich bzw. meinen Reißverschluss spontan in das entfernte Reifensingen ein und schaffe es tatsächlich, das Gewehrfutteral zu öffnen, ohne das reißverschlussspezifische Singen selbst akustisch wahrzunehmen.

Umgehend der Blick durchs Fernglas auf das Wild. Da es im Moment nicht mehr regnet, kann ich den Schatten eindeutig als ein Stück Schwarzwild ansprechen, das nach wie vor vertraut bricht.

Nachdem ich den .30.06 – Lauf der Waffe im Zeitlupentempo mit einer selbstlaborierten 180 – Grains TUG – Patrone bestückt habe, schultere ich langsam das Gewehr. In Minischritten – nur kein Geräusch verursachen – nähere ich mich vorsichtig dem Stück. Meine Bewegungen sind nahezu lautlos. Dabei kommt mir natürlich der nasse Untergrund entgegen. Wenn es die absolute Windstille gäbe, könnte ich meinen, sie just in diesem Moment erwischt zu haben. Unterschwellig keimt in mir die Angst, mein rasender Pulsschlag könnte das ganze Unterfangen zunichtemachen und dem Stück meine Annäherung ankündigen, aber natürlich sagt mir mein Verstand, dass das dröhnende Pochen eine rein individuelle Empfindung ist und nur von mir wahrgenommen werden kann.

Arglos bewegt sich der Schatten – immerfort brechend – im Glas langsam hin und her. Etwa eine halbe Stunde ist vergangen, seitdem ich das Stück zum ersten Mal gesichtet habe. Während der gesamten Zeit ist es völlig allein auf der großen Fläche gewesen. Also offenbar ein Keiler. Andeutungsweise kann ich jetzt auch den Pinsel erkennen.

Immer näher schiebe ich mich, ohne im Moment den verräterischen Wind befürchten zu müssen, an das Stück heran. Bei etwa fünfzig Metern Entfernung spielen jedoch meine Nerven nicht mehr mit. Wenn ich mich jetzt noch weiter bewege, gehe ich das Risiko ein, dass er sogar meine fast völlig lautlosen schlurfenden Bewegungen vernimmt.

Ganz langsam bewegt er sich in Richtung Waldecke, zu der Stelle, wo der starke Schwarzwildwechsel durch den Graben in den dichten Bestand führt.

Inzwischen beobachte ich – stehend freihändig – durch die Zieloptik. Das Bild ist zu klein für die herrschenden Lichtverhältnisse, also stelle ich auf ungefähr achtfache Vergrößerung. Nun habe ich ihn richtig „drin".

Entsichern und Einstechen erledige ich fast routinemäßig. Plötzlich werden erstaunlicherweise auch die Hände ruhiger und der Schatten tanzt nicht mehr ganz so arg im Zielfernrohr.

Haltepunkt kurz hinter Blatt. Blitz, Knall, Kugelschlag!

In dieser Reihenfolge registriere ich den in Minisekunden ablaufenden folgenden Vorgang.

Blitzschnell habe ich sofort danach das Fernglas wieder vor den Augen und erkenne soeben noch, dass sich ein taumelnder Schatten wieder aufrichtet, sofort hochrafft und mit wahnsinniger Geschwindigkeit auf den vorgenannten Wechsel in der Waldecke zufliegt. Schon nach wenigen Metern ist er meinen Blicken entschwunden.

Wie betäubt verharre ich minutenlang in dieser Haltung. Geräusche nehme ich kaum wahr. Der feuchte Boden schluckt alles.

Auch das noch. Jetzt kommt bestimmt noch eine Nachsuche auf mich zu. Aber ich bin doch ganz sauber abgekommen! Diese plötzliche Flucht kann ich mir nicht erklären.

Langsam, innerlich völlig aufgewühlt bewege ich mich auf meinem Weg zurück und sammle meine Utensilien ein.

Der Regen hat sich zwischenzeitlich völlig verabschiedet.

Als Zeichen dafür, dass ich wieder logisch und folgerichtig funktioniere, fällt mir dazu spontan ein, dass das ja nur in meinem Sinne sein kann. Eine eventuelle Schweißfährte wird besser zu verfolgen sein, als wenn sie völlig verregnet wäre.

Nun sitze ich in der Butze und bringe zu Papier, was mich zur Zeit bewegt. An Schlaf ist natürlich nicht zu denken.

Nach geraumer Zeit, mitten in der Nacht, hält mich dann aber doch nichts mehr in meiner Bleibe. Obwohl ich mir fest vorgenommen hatte, bis zum ersten Licht durchzuhalten, ziehe ich mir kurzentschlossen Gummistiefel und

Parka an, stecke den geladenen Revolver, Kaliber.357 Magnum, in die rechte Parkaaußentasche und mache mich zu Fuß auf den Weg, um mich zumindest erst einmal um den Anschuss zu kümmern.

In erstaunlich kurzer Zeit, die dunklen Stellen an denen das Stück gebrochen hat, weisen mir den Weg, habe ich ihn gefunden. Dunkler Schweiß mit Partikeln behaftet! Ich bin sicher, dass das Licht der Taschenlampe die Farben verfälscht, doch es scheint sich um Leberschweiß zu handeln. Ganz sicher bin ich allerdings nicht.

Problemlos kann ich die relativ deutliche Schweißfährte bis an den Graben vor dem Waldrand verfolgen. Im Graben finde ich nichts, doch auf der anderen Seite setzt sich die Schweißfährte, allerdings etwas schwächer, fort. Der Bestand wird hier schlagartig ziemlich dicht. Buschwerk und Krüppelkiefern, dazwischen Brennnesseln, durchzogen von langen Brombeerranken, lassen den mit dem Lichtkegel der starken Taschenlampe hin- und herschweifenden Blick nur wenige Meter nach vorn Gegenstände erfassen. Unter diesen Umständen jetzt hier weiterzusuchen, wäre sträflicher Leichtsinn. Wie oft schon haben angeschweißte Sauen Nachsuchende sofort angenommen, wenn sie ihrer ansichtig wurden. Schon viele Menschen sind dabei teils schwer verletzt worden. Es handelte sich dabei in den meisten Fällen um erfahrene Jäger und Schützen, die es trotzdem nicht schafften, sich in Bruchteilen von Sekunden mit der Schusswaffe vor angebleitem, angreifendem Schwarzwild zu schützen.

Das ganz normale Sicherheitsbedürfnis gebietet es, in diesem Moment die Nachsuche abzubrechen und auf den Morgen zu verschieben. Viel Zeit bis zum Hellwerden bleibt ohnehin nicht mehr.

In der Butze falle ich dann in einen unruhigen Schlaf.

Das erste Licht sieht mich schon auf den Läufen.

Die Tasse Kaffee stürze ich so hastig hinunter, dass ich mir daran den Mund verbrenne.

Am Anschuss stelle ich fest, dass es in der restlichen Nacht nicht weiter geregnet hat. Der Himmel ist zwar auch jetzt noch grau verhangen und ich habe das Gefühl, dass die Wolken fast meine Hutspitze streifen, aber auch momentan fällt nicht der geringste Niederschlag. Ein Glück, denn weiterer Regen hätte die Nachsuche mit Sicherheit erheblich erschwert. So aber kann ich den Schweiß, wie in der vergangenen Nacht, sofort am Anschuss finden. Deutlich erkenne ich nun auch die Stelle, an der das aus dem Wildkörper austretende Geschoß Schweiß und kleinste Gewebepartikel mitgerissen und auf einen Teil der Waldwiese verstreut hat. Es handelt sich tatsächlich um dunklen Schweiß, der sich ein bisschen grießig anfühlt. Offensichtlich Leberschweiß. Das gibt mir allerdings Rätsel auf denn ich bin sicher, ziemlich genau kurz hinter dem Blatt abgekommen zu sein. Aber das wird sich sicher gleich klären lassen, denn mit dem Schuss, sollte er tatsächlich dort sitzen wo ich vermute, kann er unmöglich noch weit gegangen sein.

Auf der deutlich sichtbaren Schweißährte gelange ich über den Graben bis in die ersten Kuscheln direkt am Waldrand.

Auf den Blättern einiger Brennnesseln finde ich wenige Tropfen. An drei Birkenblättern, die er flüchtend gestreift hat, hat er einige Schweißwischer hinterlassen, aber von diesem Moment an suche ich vergeblich. Nichts mehr!

Die Fährte verliert sich in dem Gewirr von Birkenbüschen, Krüppelkiefern und den von Brombeerranken und Brennnesselkolonien durchzogenen Kuscheln. Autsch, jetzt habe ich auch noch meine rechte Hand an den Dornen aufgerissen. Aus meiner Stoffhose sind durch die Brombeerranken auch schon einige Schlingen gezogen. Zu Hause werde ich die Hose still und leise in die Wäsche tun. Dadurch erreicht mich die sicher fällige Gardinenpredigt hoffentlich erst einige Tage später.

Nach einer halben Stunde gebe ich entnervt auf. Hier muss ein Hund ran! Aber welcher?

Spontan entscheide ich mich dafür, es mit dem Vierbeiner unseres neuen Jagdaufsehers zu versuchen. Er hat schon mehrfach von seinem Caro erzählt. Danach ist der Hund zwar kein Spezialist und auch noch nie auf der Schweißfährte trainiert worden, hat aber mit seinen angewölften Gaben schon einige Nachsuchen erfolgreich bestanden. Eigentlich merkwürdig, dass ich mich nicht mehr an die Rasse erinnere. Oder hat er sie noch nie genannt? Mitgebracht hat er den Hund jedenfalls noch nicht. Die Rasse ist mir im Moment auch egal, wenn er nur gut auf der Fährte ist!

Hoffentlich habe ich bis jetzt noch nicht allzu viel vertreten. Ich glaube es zwar nicht, denn ich habe mich immer neben der Fährte bewegt, aber Schweißhundeführer sind da häufig völlig anderer Ansicht.

Nach ihrer Auffassung wäre es in den allermeisten Fällen das Richtigste, sofort und in fast jedem Fall einen

Spezialisten hinzuzuziehen, wenn das beschossene Stück nicht in Sichtweite des Schützen zur Strecke kommt. Auf keinen Fall aber, so ihre Erfahrung, sollte sich der Schütze vor der fachgerechten Nachsuche auf der Schweißfährte bewegen und dadurch die Nachsuche erschweren oder gar unmöglich machen.

Natürlich weiß ich das alles selbst, aber Hand aufs Herz: Haben sie sich immer an diese Forderung gehalten oder haben sie es, so wie ich in diesem Fall, manchmal wieder einmal nicht abwarten können? Es wäre doch einfach zu schön gewesen, wenn ich mein Stück allein gefunden hätte. Das aber soll mir in diesem Fall offensichtlich nicht vergönnt sein.

Verflixt, warum geht er denn nicht ans Telefon? Dann aber belehrt mich ein Blick auf meine Armbanduhr, dass es erst 05.30 Uhr ist. Schnell habe ich die Verbindung wieder unterbrochen. Am Wochenende soll er ja auch einmal ausschlafen können.

Übermäßige Eile ist ohnehin nicht geboten, denn in der Nacht ist es recht kühl gewesen und es ist nicht zu befürchten, dass das Stück jetzt schon verhitzt ist.

Gegen 07.00 Uhr erreiche ich ihn dann aber. Es dauert genau so lange, wie ein Mensch braucht, um vom Schlafzimmer im ersten Stockwerk zum Telefon in der Diele im Erdgeschoß zu gelangen, bis er sich verschlafen meldet.

Ich entschuldige mich für die frühe Störung. Den 05.30 Uhr – Anruf hat er Gott sei Dank offenbar nicht gehört. Er spricht jedenfalls nicht darüber und ich erwähne ihn deshalb auch gar nicht.

In knappen Worten schildere ich ihm den Sachverhalt.

Ohne Wenn und Aber und bevor ich auch nur in der Lage bin, seine und des Hundes erwünschte Anwesenheit im Revier anzusprechen, stellt er sofort sein umgehendes Kommen in Aussicht. Das zeichnet ihn aus. Ich nehme mir vor, ihm bei nächster Gelegenheit dafür meinen herzlichen Dank auszusprechen.

In wesentlich kürzerer Zeit als ich es vermutet hätte, höre ich seinen Pkw auf dem Weg in Richtung Butze auf mich zukommen.

„Sind sie etwa geflogen?" Meine Frage beantwortet der Routinier, er ist zweiundsechzig und Frührentner, mit einem offenen Lächeln: „Ich habe in meinem Jägerleben schon mehrfach derartige Situationen erlebt und ich vermute, ich weiß wie sie sich im Moment fühlen und was sie heute Nacht durchgemacht haben. Deshalb habe ich mich besonders beeilt!"

Wenn er wüsste, wie richtig er mit seiner Vermutung liegt! Und wenn er wüsste wie dankbar ich ihm im tiefsten Innern im Moment für sein Verständnis bin! Von einer gleichgesinnten Seele verstanden zu werden ist doch eine der schönsten Sachen auf dieser Welt. In diesem Moment wird mir wieder einmal deutlich, wieso Jagd und das ganze „Drumherum" nur zusammen mit Gleichfühlenden und Gleichgesinnten erst so richtig das Salz in der Suppe ist.

Am gewohnten Parkplatz nahe der Waldwiese steigen wir aus. Als dann der Hund langsam und gesetzt von der hinteren Sitzbank ins Freie steigt und sich völlig desinteressiert, so als seien wir beide Luft, sofort von uns abwendet, greift mir eine kalte Hand ans Herz und ich bekomme Atemnot. Er hat eine Schulterhöhe von ungefähr sechzig Zentimetern, einen kugelrunden Körper, eine Beinlänge von etwa zwanzig Zentimetern und einen Ringelschwanz! Dazu kann er mit einem schäferhundartigen Fang aufwarten, während ich die Behänge als Schlappohren bezeichnen möchte. Noch nie habe ich einen Hund in einem so ausgeprägten Schwarz gesehen. Ich bin zwar nicht unbedingt als Hundeexperte bekannt, aber in diesem Hund vereinigen sich mindestens zwanzig Hunderassen mit unterschiedlichen Anteilen. Alles, was ich spontan verbal von mir geben will, bleibt mir fast schmerzhaft im Halse stecken, als ich beobachte, mit welcher Liebe unser Jagdaufseher seinen Hund anblickt, während er ihn anleint. Meine Atemnot geht vorüber und ich bemühe mich, positiv zu denken. Wieso soll nicht auch ein Mischling über besondere jagdliche Fähigkeiten verfügen!

Ich beiße also die Zähne zusammen und wir pirschen auf dem Weg am Waldrand in Richtung auf den Anschuss. Der Heidesand hat, bis auf ganz geringe Reste, die Wasserflut des vergangenen Abends „verdaut". Die Fährten auf dem feuchten Boden, sonst beobachte ich sie immer besonders interessiert, lassen mich in diesem Moment völlig kalt. Meine Gedanken sind augenblicklich bei ganz anderen Dingen.

Was ich allerdings registriere ist, dass der Jagdaufseher seinen Hund an der kurzen Leine führt. Eine lange Schweißleine habe ich nicht bei ihm gesehen. Vielleicht führt er sie, für mich im Moment nur nicht sichtbar, unter seiner etwas voluminösen Lodenjoppe mit sich.

Am Anschuss hat sich nichts verändert. Da auch zwischenzeitlich kein neuer Regen gefallen ist, lassen sich die Schusszeichen nach wie vor deutlich erkennen. Der Hund an der kurzen Leine kümmert sich kaum, eigentlich gar nicht, um den Schweiß. Er äugt so unbeteiligt in die Gegend, als sei er momentan gar nicht die Hauptfigur. Er verhält sich so gelangweilt, als ginge ihn das Ganze überhaupt nichts an. Verstohlen betrachte ich seinen Herrn von der Seite. Dessen Gesicht zeigt nicht den geringsten Unmut oder gar Erstaunen. Er scheint das alles für ganz normal zu halten. Na ja!

Ich klammere mich im Moment daran, dass er mir schon mehrfach erzählt hat, sein Hund habe mit den angewölften Gaben schon einige Nachsuchen erfolgreich bestritten. Wiederholt zwinge ich mich dazu, positiv zu denken. Welchen Grund sollte er haben, mir die Unwahrheit zu erzählen? Nur um sich wichtigzumachen? Ich kann mir das nicht vorstellen. Nach der ersten Nachsuche hätte ich ja doch alles durchschaut.

Dann traue ich meinen Augen nicht. Er führt den Hund neben der Schweißfährte. Ja, sie haben richtig gelesen: Er FÜHRT und NEBEN! Mir bricht, obwohl es an diesem trüben Morgen nicht besonders warm ist, der kalte Schweiß aus, denn der Mischling zeigt sich nach wie vor völlig unbeteiligt. Ich weiß im Nachhinein nicht mehr, wann ich erregter war, kurz vor dem Schuss oder jetzt bei der „Nachsuche".

Auch als wir auf dem Schwarzwildwechsel durch den Graben stiefeln, führt der Herr seinen Hund neben sich. Mit der linken Hand wische ich mir resignierend blanke Schweißperlen von der Stirn, während die feuchte Rechte in der Parkatasche den Revolver umklammert. Ich überlege gleichzeitig, welchen Hundeführer ich nach einer eventuell verpatzten Nachsuche schnell herbeirufen könnte, ohne mich lächerlich zu machen. Als ich dann aus den Augenwinkeln bemerke, wie unser Jagdaufseher bewusst die kurze Leine seines Hundes loslässt und dieser sich völlig unbeteiligt in den Kuscheln „verkrümelt", bleibt mir fast das Herz stehen und meine Knie werden weich. Alles was jetzt krampfhaft an Worten aus mir heraussprudeln will, bleibt mir mit einem Krächzen im Halse stecken und bleibt damit ungesagt.

Dennoch suche ich krampfhaft nach Worten, um zumindest in geeigneter Form und ohne Porzellan zu zerschlagen mein Erstaunen über den Hund und diese – nun nennen wir es einmal – recht ungewöhnliche Art der Nachsuche zum Ausdruck zu bringen.

Ein kurzes „Wuff" unterbricht schlagartig meine Gedankengänge mit den fast fertig formulierten vorsichtigen Fragen zur gegenwärtig stattfindenden Nachsuche und noch einmal „Wuff". Zweimal kurz hintereinander das heiser-krächzende Anschlagen des Hundes aus der Richtung vorn links. Ganz dicht bei uns ist er auch nicht mehr. So unbeteiligt und träge, wie er sich bisher gegeben hat, hätte ich ihn eigentlich nicht schon so weit entfernt vermutet.

Der Jagdaufseher dreht sich langsam in meine Richtung, ein breites Lächeln umspielt seine Lippen. „Na also!"

Nach dieser, für mich absolut rätselhaften, Aussage dreht er sich ohne Eile um und beginnt sich durch das dichte Gewirr der brusthohen Kuscheln in die Richtung, aus der sich der Hund gemeldet hat, vorzuarbeiten. Ich beeile mich, den Anschluss nicht zu verlieren, wenn ich auch noch nicht sicher weiß, was das alles soll. Ganz hinten im Hinterkopf fängt jetzt allerdings ein ganz leichter Schimmer zu dämmern an. Sollte der Hund etwa doch?

Ja, er hat!

Nach rund dreißig Metern harter Arbeit durch den dichten Bestand bietet sich uns ein Bild, dass das Herz höherschlagen lässt.

Auf einer relativ bewuchsfreien Stelle, unter den ausladenden Ästen einer Krüppelkiefer, liegt „mein" Keiler. Der Hund steht völlig unbeteiligt ungefähr einen Meter von seinem Haupt entfernt und vermittelt den Anschein, als ginge ihn das alles nur entfernt etwas an. Ich bin aber andererseits nicht so ganz sicher, ob er eben nicht doch andeutungsweise mit dem Ringelschwanz zu wedeln versucht hat.

Nachdem der Hundeführer mir den Erlegerbruch überreicht hat, stelle ich fest, dass mein Geschoß sauber getroffen hat. Der Keiler, 67 kg bringt er übrigens aufgebrochen auf die Waage, hat die Kugel kurz hinter dem Blatt erhalten. Da er zu meiner Position offensichtlich spitz gestanden hat, ist sie auf der anderen Seite kurz vor der Keule wieder ausgetreten.

Später, als der Keiler neben der Butze zum endgültigen Auskühlen und Ausschweißen an der knorrigen Buche hängt, reiche ich, dankbar wie ich bin, dem erfolgreichen Schweißhund aus meinem reichhaltigen Verpflegungsfundus eine Riesenbockwurst.

Als er sich, keinesfalls hastig, beginnt damit zu beschäftigen, habe ich das Gefühl als hätte er fast damit gewedelt, womit Hunde in der Regel ihre Freude kundtun.

Eine Nachsuche ganz anderer Art

Ich habe in unserem Revier in der Lüneburger Heide die Nacht vom 30. Juni zum 1. Juli auf der Kanzel, in der Waldecke, mit Blick auf die noch ungemähten Wiesen durchgesessen.

Eine kalte und insgesamt ungemütliche Nacht. Der Regen hat die ganze Zeit auf das Kanzeldach geprasselt und es war finster wie in einem Sack. Selbst wenn die Sauen die Kirrung nebenan im Wald angenommen hätten, ich hätte sie weder sehen noch hören können.

Trotzdem habe ich ausgehalten, denn den Bock, auf den ich es abgesehen habe, habe ich bisher immer nur morgens in Anblick bekommen und zwar nur dann, wenn ich durchgesessen habe. Er bewegte sich nämlich fast ausschließlich in dem Bereich, durch den ich auch morgens meinen Weg zur Kanzel hätte gehen müssen. Es handelt sich um einen ungeraden Gabler, der Statur nach ca. drei- bis vierjährig.

Die Uhr zeigt kurz nach vier Uhr. Durch die dünnen Dunstschwaden lassen sich im ersten Licht unscharfe Konturen erahnen. Links von mir, an dem nach vorn im Dunst verschwindenden Weidezaun, nehme ich undeutlich eine Bewegung wahr. Verschwommen und noch mehr erahn, als erkennbar ein Stück Rehwild. Das Herz schlägt schneller. Ziemlich genau dort, zu weit für einen sicheren Schuss, habe ich schon so oft „meinen" Bock beim Äsen beobachtet.

Langsam, fast zögerlich nimmt der Regen ab und endlich hört es völlig auf zu regnen. Nur das Tröpfeln aus dem Wald lässt mögliche andere Laute nicht durchdringen. Auch der Dunst verzieht sich allmählich und die Sicht wird ein wenig klarer. Auch das Licht nimmt erkennbar zu.

Natürlich habe ich das Stück seit der ersten Entdeckung heute Morgen kaum aus dem Glas gelassen und erkenne jetzt, immer noch ein wenig schemenhaft und verschwommen, dass es sich tatsächlich um einen Bock handelt. Der Herzrhythmus erhöht sich weiter und das Herz scheint gegen die Rippen zu pochen. Der Entfernungsmesser zeigt, dass er für einen sicheren Schuss zu weit entfernt äst. Jetzt wird jedoch deutlich erkennbar, dass er sich unendlich langsam am Weidezaun entlang, seitlich vorn von mir auf „meinen" Waldrand zu bewegt! Ich habe mir vorgenommen auf höchstens 200 m zu schießen. Die Büchse – cal .30-06 – hat auf 100 m 4 cm Hochschuss. Das passt auch auf 200 m. In diesem Teil des Reviers müssen wir weit schießen.

Nun lässt die Kombination von Dunst und zunehmendem Licht es auch zu, den Bock einwandfrei anzusprechen. Deutlich kann ich das, für einen Bock seines Alters, zu schwach ausgebildete Gehörn erkennen.

Er ist es! 220 m, so dicht hatte ich ihn noch nie. Mit pochendem Herzen packe ich das Kissen als Auflage in die Luke und lege die beiden Latten quer, sodass ich auch mit beiden Ellenbogen eine sichere Auflage habe. Bei dieser Entfernung muss wirklich alles stimmen.

Jetzt bewegt er sich vor einem besonders schief stehenden Zaunpfahl. Hier ist er noch 203 m entfernt. Schon liegt die Büchse ruhig auf dem Kissen in der Luke und ich beobachte durch die Zieloptik, doch plötzlich dreht er ab und beginnt, immerfort weiter äsend, den Rückweg am Zaun.

Für Enttäuschung bleibt jetzt keine Zeit. Die Büchse ist bereits eingestochen, Ziel kurz hinter Blatt. Ein leichtes Berühren des Abzugs und der Schuss ist raus. Deutlich höre ich den Kugelschlag und sehe den Bock im Feuer in das hohe Gras sinken. Weiter durch die Zieloptik beobachten! Als ich nach wenigen Augenblicken immer noch keine Bewegung sehe, beginnt die Anspannung allmählich abzuklingen und der Herzrhythmus beginnt sich ganz langsam zu normalisieren. Waidmannsheil!

Ich muss zugeben, ein bisschen Bammel hatte ich schon. Das waren bestimmt 205 m. Mein bisher weitester Schuss in fast 30 Jägerjahren! Ich merke mir die markante Fichte im Hintergrund als Hilfsziel für das Bergen des Bockes, packe in Ruhe meine „Plünnen" zusammen und mache mich mit Rucksack und Büchse durch das hohe, regennasse Gras am Waldrand entlang auf den Weg zum Zaun. Als ich am Zaun den Schnittpunkt der Linie zwischen Kanzel und der markanten Fichte erreicht habe, sehe ich – nichts. Auch keinen Schweiß, kein Schnitthaar, einfach gar nichts! Auch die Suche im näheren Umkreis bleibt erfolglos. Ich lege den Rucksack am vermeintlichen Schnittpunkt ab und suche nun den Zaun in seiner gesamten Länge von ca. 300 m ab – rechts- und linksseitig – und finde ebenfalls nichts. Ganz langsam beginnen mich Selbstvorwürfe zu quälen. Wieso musste ich auch so weit schießen. Durch die Suche im hohen, regennassen Gras ist meine Hose inzwischen fast bis zur Hüfte nass und ich kriege in immer kürzer werdenden Abständen einen Schüttelfrost. Meine Stimmung ist auf dem Tiefpunkt.

Nach halbstündiger Suche bin ich völlig genervt und mache mich auf den Weg zum Auto. Im Handschuhfach habe ich die Telefonnummer des Schweißhundeführers. Das wird meine zweite Nachsuche in diesen fast 30 Jahren.

Doch halt! Plötzlich ein Gedankenblitz. Auf dem Absatz mache ich kehrt und kehre am Zaun entlang zurück zu dem Schnittpunkt der Linie zwischen Kanzel und Fichte, lege hier den Rucksack ab und hole den Entfernungsmesser heraus. Dann visiere ich von hier aus die Kanzel an. Eigentlich müssten es von hier ca. 205 m sein. Und was sehe ich? Das Gerät zeigt an – 235 m!! Wieso bin ich nicht früher darauf gekommen. Schnurstracks gehe ich, mit möglichst Meterschritten 30 Schritte auf der Linie in Richtung Kanzel. Dass ich dabei, wegen meiner beflügelten Gangart noch nasser als vorher werde, interessiert mich jetzt nur noch am Rande. Auch der dauernde Schüttelfrost hat urplötzlich aufgehört. Beim 31sten Schritt stolpere ich fast über den Bock, den ich im hohen Gras erst sehe als er direkt vor mir liegt. Ein ganz sauberer Schuss. Keine weiteren Spuren im hohen Gras. Er ist im Knall verendet. Erst jetzt fällt ein riesiger Felsen von meinem Herzen.

Dass ich einen richtigen Abschuss getätigt habe, der schwach veranlagte Bock ist nach Meinung von Experten drei bis vier Jahre alt, freut mich natürlich besonders, ich will es aber nur am Rande erwähnen.

Wichtig ist mir deutlich zu machen, dass in diesem Fall der Entfernungsmesser die Nachsuche entschieden hat und mein zeitweilig arg strapaziertes Jägergewissen wieder intakt ist.

Der Autor

Jürgen Möller ist pensionierter Kriminalhauptkommissar. Er ist seit fast 50 Jahren Jäger und hat
jagdlich wie dienstlich viel erlebt. Seine interes-
santesten jagdlichen Erlebnisse hat er in diesem
Buch geschildert. Alle, denen er sein Manuskript
zugänglich machte, waren begeistert.